Dominação e Submissão Erótica Vol. 9

Erika Sanders
Serie
Coleção Dominação Erótica

Sinopse

É uma compilação de romances de forte Conteúdo erótico BDSM pertencente à coleção Dominação e submissão erótica, uma série de romances com alto conteúdo BDSM romântico e erótico.

Esta compilação contém os romances:

- Esposa BDSM.

- Escritora BDSM.

- Bibliotecária BDSM.

(Todos os personagens têm 18 anos ou mais)

Nota do autora:

Erika Sanders é uma escritora internacionalmente conhecida, traduzida em mais de vinte idiomas, que assina seus escritos mais eróticos, longe de sua prosa usual, com seu nome de solteira.

Índice:

ESPOSA BDSM
DE
ERIKA SANDERS

PRIMEIRA PARTE:
20 anos de casamento

CAPÍTULO 1

Foi mais uma noite de sexo sem graça.

Mas nenhum deles reclamou.

Após 20 anos de casamento, o sexo se tornou uma rotina mais do que qualquer outra coisa.

Rachel voltou para a cama depois de lavar entre as pernas.

Ela apagou a luz, ficou embaixo das cobertas e deitou-se ao lado do marido.

"Isso foi adorável", disse ele.

"Foi", respondeu Roger. "Um pouco melhor desde que os meninos vão para a faculdade, certo?"

Ela o cutucou com o cotovelo.

"Que coisa horrível você diz."

"Mas você tem que admitir que é bom que não tenhamos mais que manter as coisas em silêncio. E podemos deixar a porta aberta".

Rachel pensou por um momento.

"Acho que sim. Mas ainda sinto muita falta deles."

"Eu também."

Ela fechou os olhos.

"Boa noite."

"Boa noite, querida", ele respondeu, beijando-a na testa.

CAPÍTULO 2

O dia seguinte foi um dia de trabalho típico para Rachel.

Ela era contadora de uma empresa de contabilidade de nível médio.

Com o recente crescimento econômico no centro da cidade, ele tinha muito trabalho a fazer para novos clientes.

Durante o almoço, ela comeu com o mesmo grupo de mulheres que havia comido nos últimos anos.

Eles conversaram sobre seus tópicos habituais: fofocas, notícias sobre entretenimento, família, filhos, novas receitas etc.

Eles eram todos melhores amigos e sempre gostaram da companhia um do outro.

Eram quase seis da tarde quando Rachel chegou em casa.

O carro de Roger já estava na garagem.

Quando ele entrou na casa, estava particularmente quieto.

Roger costumava dizer rapidamente "olá".

Ela ligou para ele, mas não obteve resposta.

Quando Rachel entrou na cozinha, um par de braços envolveu seu corpo por trás.

As mãos tocaram seu peito lascivamente.

Ela gritou em voz alta.

"Está bem!" ele disse, liberando-a. "Sou eu! Sou eu!"

Ela rapidamente se virou para ver um olhar atordoado no rosto de Roger.

Ele claramente não esperava que sua esposa reagisse assim.

"Deus! Roger! Você nunca mais me assusta assim!"

"Queria te surpreender".

"Como isso foi uma surpresa?" ela estava furiosa. "Você me assustou à luz do dia. Eu pensei que eles estavam me atacando!"

"Desculpe. Eu só estava tentando ser romântico."

"Não há nada romântico em ser tocado dessa maneira."

"Desculpe. Eu não farei isso de novo."

Rachel levou um momento para se acalmar.

"Eu não quis ficar tão bravo. É apenas, por favor, seja um pouco mais atencioso com suas surpresas, ok?"

"Nós nunca mais nos divertimos. Você notou?"

"Por favor, Roger, não estou com disposição para isso agora."

"Ok", ele assentiu em derrota.

Rachel se virou e foi para o quarto para trocar de roupa.

Sentou na cama e suspirou.

CAPÍTULO 3

No dia seguinte.

Rachel estava na frente do computador fazendo seu trabalho de contabilidade.

O telefone dele tocou.

Era o marido dela.

Ela atendeu a ligação e, quando Roger disse que era importante, ela disse para esperar um momento enquanto saía para ter mais privacidade.

Ele se perguntou sobre o que seria a ligação.

Roger raramente ligava enquanto ela estava no trabalho.

Ele supôs que não poderia ser por causa de sua luta ontem, porque ele já havia resolvido na mesma noite.

"Sim?" Ele disse quando estava do lado de fora, longe dos outros colegas de trabalho.

"Vamos fazer uma viagem na próxima semana", ele respondeu sem rodeios. "Há um lugar tranquilo onde podemos chegar perto da costa."

"Eu realmente não posso. As coisas estão muito ocupadas com o meu trabalho agora."

"A minha também é assim. Mas podemos fazer um buraco. Podemos ir na próxima sexta-feira e passar o fim de semana. Apenas tire um dia de folga do trabalho."

"Mas não há necessidade disso", respondeu ela, tentando argumentar com ele. "Eu não estou bravo com você. Não esclarecemos isso ontem à noite?"

"Não é sobre ontem. É sobre o nosso casamento."

Essas palavras enviaram um choque completo pela espinha aos pés de Rachel.

Ele sempre assumiu que seu casamento era forte e que deu a Roger tudo o que ele sempre quis de uma esposa.

"Nosso casamento está com problemas?" ela perguntou.

"Não fale assim. Mas há uma maneira de tornar nosso casamento ... melhor ..."

Outro sinal caiu em sua espinha.

"Sobre o que é essa viagem?"

"Acho que há alguém que pode nos ajudar."

"Um conselheiro matrimonial?" ela perguntou surpresa.

Parou por um momento.

"Sim. Algo assim. Um conselheiro matrimonial."

"Não estamos fazendo tanto mal, estamos? Pensei ... pensei ..."

A voz de Rachel estava ficando sufocante e seus olhos estavam molhados.

"Não estamos fazendo nada de errado", respondeu ele, tentando tranquilizá-la. "Mas acho que podemos melhorar. Isso é algo em que venho pensando há algum tempo."

"Tudo bem. Se você acha que é o melhor."

"Obrigado, querida. Me desculpe, eu liguei para você no trabalho. É uma coisa de última hora. Ela tinha uma vaga de última hora em sua agenda e queria tirar vantagem disso."

Rachel levantou uma sobrancelha.

"Ela? O conselheiro é uma mulher?"

"Sim."

"O que você sabe sobre essa pessoa? Por que precisamos viajar tão longe para ele?"

"Vou explicar mais tarde. Mas ela tem uma reputação única. E acho que ela fará maravilhas por nós."

"Se é isso que você quer, tudo bem."

"Estou feliz que você esteja aberto a isso. Vamos discutir os detalhes hoje à noite."

"Tudo bem tchau."

"Adeus."

A ligação terminou e Rachel ficou chocada com o telefone na mão.

Uma bomba caíra sobre ela, mas ela percebeu que faria o que fosse necessário para manter seu casamento forte.

CAPÍTULO 4

Vários dias depois.

Rachel estava de pé no quarto dobrando as roupas para a próxima viagem.

Ela sabia que o tempo estava quente, então ela arrumou as camisetas, shorts, sandálias e trajes de banho que Roger disse para ela vestir, pois eles estariam perto da praia.

Ela não queria ir, não apenas porque a idéia lhes custaria milhares de dólares, mas porque ela precisava passar muito tempo no trabalho, e esse dia perdido seria um dia que ela teria que compensar.

Mas se isso era a melhor coisa para o seu casamento, então você não queria brigar por isso.

O que mais o incomodava era que Roger estava sendo extraordinariamente escasso e preguiçoso em relação ao aconselhamento matrimonial.

Em todos os anos de casamento, eles sempre foram abertos a tudo.

Nunca houve segredos.

Nunca houve mentiras.

É por isso que o casamento deles foi tão bem sucedido.

Até agora...

Ela passou muito tempo se perguntando por que Roger queria ver um conselheiro.

O que acontece com o nosso casamento?

Eu pensei que estava tudo bem.

Eu pensei que tudo estava perfeito entre nós.

É sexo?

Já não sou bom o suficiente?

Você quer mais alguém?

Ele está tendo um caso?!

A mala estava quase cheia.

Só faltava colocar o maiô.

Havia um casal de velhos em seu armário.

Que ela não usava há anos.

Ele se despiu na frente do espelho.

Ela olhou para o corpo nu.

As leves linhas em seu rosto haviam crescido.

Seus seios anteriormente muito alegres começaram a ceder.

Seus quadris estavam ficando mais grossos, apesar da aeróbica.

A verdade é que não é de admirar que Roger queira ver um conselheiro.

Ela vestiu o maiô e posou na frente do espelho.

Você vai gostar disso.

Naquele momento, Roger deixou seu escritório em casa e se aproximou de Rachel com uma careta.

"O que acontece?" ela perguntou, ainda de maiô.

"Acabei de falar com meu chefe. Um de nossos clientes acabou de entrar com um processo multimilionário. Não posso mais viajar."

Ela o olhou nos olhos e sabia que Roger estava dizendo a verdade.

Um raio de esperança passou pela mente de Rachel.

Ela estava feliz que a viagem provavelmente tivesse sido cancelada.

"Isso é muito ruim", ela respondeu. "Isso significa que a viagem foi cancelada?"

"Não faz sentido cancelar a viagem inteira porque eu já paguei os vôos e as providências consultivas. Você deve ir sozinho."

Ela estava surpresa.

"Você quer que eu veja um conselheiro matrimonial sozinho? Qual é o sentido disso?"

O suspiro.

"Rachel, eu te amo muito. Eu te amo mais do que tudo. Você é o amor da minha vida."

"Oh Deus, você está tendo um caso. Não é? Há mais alguém, certo?"

"Não, não é assim", disse ele enfaticamente. "Eu nunca trairia você. Eu nunca o fiz e nunca o farei."

"Então, o que está acontecendo? Nos últimos dias, você foi muito evasivo com esta viagem. Nunca antes você foi tão reservado."

Ele suspirou novamente e balançou a cabeça.

"Desculpe. Não fui completamente honesta com você. Acho que não sou tão corajosa quanto pensei."

"Diga-me o que é isso?"

"Confia em mim?"

"Claro que sim. Se você tiver um caso, apenas me diga. Nós podemos descobrir."

"Eu não estou tendo um caso, Rachel. Mas acho que deve haver mudanças em nosso casamento."

"Eu não sou mais bom o suficiente?" ela perguntou.

"Pare de dizer coisas assim. Você é minha esposa. Eu te amo mais do que qualquer coisa."

"Então por que você não está sendo honesto comigo?" exigido.

Ele balançou sua cabeça.

"Estou tentando ser honesto. Mas não posso. Isso não é fácil. Acredite, eu gostaria que tudo fosse fácil."

"Eu não te entendo mais, Roger."

Uma tristeza apareceu em seu rosto.

"Você pode me prometer que ainda vai? Eu sei que é difícil continuar assim, mas eu não perguntaria a menos que achasse que isso poderia ajudar a salvar nosso casamento."

"Você acha que nosso casamento precisa ser salvo?" ela perguntou, com lágrimas nos olhos.

"Por favor, não torne isso mais difícil, Rachel. Você pode me prometer que irá sozinha? Quero que conheça a conselheira e ouça o que ela tem a dizer. Apenas ouça e, se você não gostar, volte para casa. Por favor, Peço ".

Lágrimas já estavam escorrendo pelo rosto dela.

Rachel se afogou neles e mal podia falar.

Então ela abraçou o marido e deu-lhe um grande abraço sufocante.

Ele não ia perder o casamento, então não importa o custo.

SEGUNDA PARTE:
Lady Samantha e a esposa

CAPÍTULO 5

Rachel viu um homem bem vestido depois de deixar o terminal do aeroporto com sua bagagem.

O homem estava segurando uma placa com o nome dele.

Eles falaram e confirmaram a identidade de ambos.

Ela entrou no carro de luxo por uma viagem de cerca de trinta minutos até chegarem ao destino.

Ela esperava chegar a um prédio de escritórios.

Mas ele ficou surpreso ao ver que o destino era na verdade uma casa grande perto da praia, que mais parecia uma mansão.

O dono do lugar era uma pessoa muito rica.

E o proprietário definitivamente não era um conselheiro matrimonial comum.

O carro parou na calçada.

O motorista foi até o porta-malas para retirar a bagagem.

Nesse momento, a porta da frente da mansão à beira-mar se abriu e uma mulher alta e escultural apareceu.

Ela parecia deslumbrante, na casa dos trinta, com longos cabelos ondulados e um corpo modelo.

"Você deve ser Rachel", a mulher sorriu. "Eu ouvi coisas maravilhosas sobre você."

"Essa sou eu. E você é?"

"Samantha. Bem-vindo à minha casa."

As duas mulheres apertaram as mãos calorosamente.

"Que lugar bonito. Eu certamente não esperava nada assim."

"A maioria das pessoas não. É uma pena que seu marido não tenha podido vir".

"Você conhece meu marido?" Rachel perguntou.

"Viajo muito com meu pai a negócios e já vi seu marido várias vezes. Mas podemos conversar mais sobre isso mais tarde. Tenho certeza de que você está exausta. Deixe-me mostrar-lhe primeiro o seu quarto."

Samantha levou Rachel junto com o motorista pelas escadas da grande mansão até o quarto de hóspedes.

O motorista colocou a bagagem no quarto e saiu.

Rachel estava em constante estado de admiração enquanto olhava para a mansão.

Ele não conseguia descobrir quanto tudo valeria a pena.

"Vou deixar você tomar banho e descansar", disse Samantha. "As toalhas estão no mesmo banheiro. Venha para a praia por volta das seis da tarde. Podemos assistir o pôr do sol juntos e tomar um pouco de suco de frutas frescas."

"Isso parece delicioso".

Samantha sorriu.

"Nos vemos então".

CAPÍTULO 6

Rachel tomou um banho frio e relaxou.

O quarto de hóspedes da casa era melhor do que qualquer quarto de qualquer hotel de luxo em que ele havia ficado.

Tudo era puro luxo e classe.

Ele se perguntou o que Roger havia planejado.

***

Seis horas chegaram e Rachel desceu as escadas, vestida casualmente para o clima quente em que estavam.

Ele saiu para a praia e descobriu que a vista era linda.

Eu tinha esquecido o quão bonito o oceano poderia ser, especialmente durante o pôr do sol.

Ele viu Samantha parada ali, admirando a vista do oceano.

"Você tem muita sorte de poder aproveitar isso todos os dias", disse Rachel.

"Em efeito."

"Então, o que exatamente você está fazendo aqui?"

"O que Roger disse para você?"

"Infelizmente, não muito. Só que você é uma espécie de conselheira matrimonial. Mas, pelo que parece, não tenho mais certeza de que seja esse o caso."

"Faço várias coisas", respondeu Samantha. "Realizo alguns empreendimentos imobiliários e de desenvolvimento em nome de meu pai. Mas também faço favores para as pessoas. Favores que realmente gosto de dar".

"Como? Aconselhamento matrimonial?"

Samantha mostrou um sorriso lindo.

"Você pode dizer assim também."

"Por que todo mundo é tão vago sobre isso? Existe um segredo que eu não deveria saber?"

"Se você quer saber a verdade, ajudei muitos casais ao longo dos anos. Não ligo para o dinheiro. Faço isso por prazer. Gosto de ajudar."

"E como exatamente você ajuda esses casais?" Rachel perguntou.

"Como você pensa? Qual é a base de um bom relacionamento?"

"Amor", respondeu Rachel.

"Sexo", Samantha piscou. "Ajudo casais a fazer sexo trabalhar para eles."

Rachel ficou chocada até o âmago, mas não deixou seu rosto mostrar isso.

Ela ficou surpresa que seu amado marido de vinte anos estivesse pensando nisso quando ele lhe falou sobre ela.

"Então você é uma terapeuta sexual?"

"Eu realmente não gosto de etiquetas", respondeu Samantha. "Mas eu sei muito sobre sexo. Sei do que as pessoas gostam e como elas podem ser melhoradas. É um talento natural que tenho."

"Eu não acho que isso seja certo para mim. Obrigado pela gentil hospitalidade, mas eu deveria ir. Vou pegar o próximo vôo para casa."

"Você acabou de chegar".

"Eu sei, mas..."

"Roger me avisou que você ficaria preocupado com isso."

"Você dormiu com ele?" Rachel perguntou sem rodeios.

"Não. Acredite, seu marido é um homem fiel. Eu apenas olhei para ele e sabia que sua vida sexual era muito pobre. Então, quando encontrei uma oportunidade no meu horário, fiz uma oferta ao seu marido."

Rachel estreitou os olhos.

"Sim, em troca de vários milhares de dólares do dinheiro do meu marido, certo?"

"Como eu disse, dinheiro não significa nada para mim. Olhe ao redor, eu não preciso do dinheiro do seu marido. Mas se eu não cobrar das pessoas, terei uma longa fila de homens esperando do lado de fora da minha porta para obter serviço gratuito . "

"Bem, obrigado pela hospitalidade. Não quero perder seu tempo. Isso não é para mim. Vou pegar o próximo vôo disponível."

Samantha acenou com a cabeça.

"Isso é perfeitamente compreensível. Você pode ficar aqui o tempo que quiser. Meu motorista o levará quando quiser. Devolverei o dinheiro do seu marido o mais rápido possível."

"Obrigado."

"Boa sorte no seu casamento", disse Samantha, voltando sua atenção para o pôr do sol.

Rachel parou por um longo momento.

"O que você sabe sobre o meu casamento?"

"Seu marido queria isso por uma razão específica. Então eu sei que sua vida sexual deve ser incrivelmente chata e monótona."

"Há mais no casamento do que apenas sexo. Nós nos amamos. Somos grandes parceiros na vida."

"Continue dizendo isso", respondeu Samantha. "Seu marido obviamente sente que algo está faltando no seu relacionamento. Mas se você acha que tudo está perfeito, sinta-se à vontade para sair."

Rachel fez outra longa pausa.

"Se eu ficar aqui, quero dizer, nos próximos dias, o que vai acontecer? O que vou fazer aqui?"

"Se você ficar, eu vou te ensinar as alegrias da dominação e da submissão. Essa é a minha especialidade. Alguém como Roger precisa sentir que ele é o homem no relacionamento. Eu posso te ensinar como servi-lo adequadamente."

"Parece um pouco bruto."

"Sexo é cru. Mas também é bonito. Quando foi a última vez que você teve um orgasmo alucinante? O tipo que deixa uma poça entre suas pernas."

"Eu não lembro", respondeu Rachel. "Anos. Talvez mais."

"Coitadinho. Mas eu posso consertar isso. Mulheres mais velhas, principalmente esposas, são uma especialidade minha."

"Nós não vamos ... você sabe ..."

"Vamos. Vamos fazer tudo juntos."

"Eu não posso fazer isso", respondeu Rachel. "Isso é loucura. Eu nunca fiz nada com outra mulher antes."

Pense nisso como uma experiência de aprendizado. Além disso, não é louco se seu marido acha que é benéfico. "

"Você certamente está muito empolgado com todo esse projeto."

Samantha sorriu.

"Você deveria estar também."

"Agora o que então?"

"Agora, eu estou voltando para dentro para me preparar para o jantar. Meu chef está fazendo algo delicioso. Se você quiser ficar, junte-se a mim para jantar. Se você quiser sair, converse com meu motorista."

"Eu quero ficar."

"O jantar deve estar pronto em breve. Podemos nos conhecer melhor. Amanhã é quando a verdadeira diversão começa."

Samantha mostrou outro sorriso cheio de insinuações.

Então ele se virou para entrar em sua grande mansão.

CAPÍTULO 7

No dia seguinte.

Uma pequena parte da equipe serviu o café da manhã ao ar livre.

Tudo foi tratado adequadamente.

Toda a comida foi preparada na hora.

As duas mulheres desfrutaram da companhia uma da outra enquanto tomavam café da manhã.

"Eu realmente posso me acostumar com isso", brincou Rachel.

Samantha piscou para ele.

"Quem geralmente cozinha em sua casa? Suponho que é você. Você parece uma mulher muito doméstica."

"Fui criado à moda antiga. Venho de uma longa fila de donas de casa."

"Típico. Você tem aquele visual conservador clássico."

"Eu ouço muito", Rachel deu de ombros. "Mas por um bom motivo. Adoro cuidar da minha família. Adoro ser a mãe e esposa ideal para elas."

Samantha acenou com a cabeça.

"Tenho certeza que Roger aprecia tudo o que você faz em casa."

"Sim", respondeu Rachel. "Tenho muita sorte de tê-lo. A maioria dos maridos não aprecia o trabalho que suas esposas fazem por eles."

"Roger te recompensa? Ele permite que você chupe seu pau?"

"Desculpe?"

"Roger deixa você chupar o pênis dele quando você é uma boa garota?"

Rachel ficou surpresa com a conversa obscena no café da manhã, especialmente na frente da equipe.

As conversas atrevidas sobre sexo sempre lhe pareceram de mau gosto.

"Eu não acho que é da sua conta", respondeu Rachel.

"Não é mesmo? Eu pensei que você queria minha ajuda."

"Suponho, mas ..."

"Seja honesto. Somos duas mulheres adultas. E minha equipe é muito discreta. Só estou tentando ajudá-lo."

Rachel deu um leve suspiro.

"Eu faço isso por ele, apenas algumas vezes. Eu realmente não gosto de fazer isso"

"Então, em que consiste sua vida sexual com Roger? Ele sobe em cima de você, dá-lhe alguns giros e depois corre?"

"Basicamente."

Samantha quase riu.

"Essa não é uma ótima vida sexual. Parece mais uma formalidade."

"Isso funciona para nós."

"Obviamente não. Roger quer você aqui por uma razão. Eu odeio dar a notícia para você, mas Roger é um garoto normal e excitado. Ele adora sexo. E ele adora boquetes. Mas ele é tímido demais para pedir favores à sua linda esposa pequena. extra ".

"Você está sendo presunçoso."

Samantha levantou uma sobrancelha.

"Eu estou sendo? Roger já rejeitou o sexo? Ele parece um garoto do ensino médio toda vez que você chupa seu pau? Você sabe que eu estou certo. Todos os homens são iguais quando se trata de sexo."

"Não foi assim que eu cresci", Rachel disse depois de uma longa pausa. "Você provavelmente está certo sobre Roger. Mas eu não sei mais como agradá-lo."

Samantha estalou os dedos e alguém da equipe trouxe um brinquedo sexual em uma bandeja de prata.

Samantha pegou e a equipe foi embora.

O brinquedo sexual cor de carne tinha o formato do pênis de um homem.

"É incrível o quão realistas esses brinquedos para adultos se tornaram", disse Samantha, segurando-o alto e espantado.

Embora estivessem ao ar livre, Samantha não parecia se importar em segurar um vibrador.

Rachel se sentiu um pouco desconfortável, mesmo que não houvesse mais ninguém por perto.

"Você não tem medo de que alguém possa aparecer e vê-lo com isso?" Rachel perguntou.

"É perfeitamente legal ter um brinquedo sexual no estado".

Rachel assentiu timidamente.

"Tem razão."

"Também não há nada errado em beijar um."

"Que queres dizer?"

Samantha sacudiu levemente o vibrador.

"Vá em frente, beije-o."

"Por quê?"

"Estou curioso para saber como você fica com um pênis na boca."

Rachel parecia nervosa quando Samantha lhe entregou o vibrador, que estava apontado para o rosto dela.

Ela imaginou que discutir seria inútil.

Ela era uma convidada em uma casa de luxo.

Ela sabia que seria rude negar o pedido.

Ele se inclinou para a frente na mesa e beijou a cabeça do vibrador.

"Agora abra seus lábios", disse Samantha. "Leve-o para dentro."

Rachel se sentiu estranha, mas fez isso de qualquer maneira.

Ela deixou o brinquedo sexual entrar em sua boca.

Samantha começou a empurrar e puxar o vibrador na boca de Rachel para simular sexo oral.

"Isso é tudo?", Disse Samantha, observando atentamente. "Chupe. Tudo assim. Imagine que é do Roger."

Ao ouvir essas palavras, Rachel acendeu um fogo.

Ela chupou mais, mais rápido e mais.

Ela realmente começou a fazer sexo oral com vibrador.

Antes que Rachel pudesse continuar, Samantha removeu o vibrador da boca e Rachel se recostou na cadeira.

"Nada mal", disse Samantha. "Mas suas habilidades no boquete podem melhorar um pouco. Vamos trabalhar nisso mais tarde. Acho que Roger ficará muito feliz quando você voltar para casa."

"Espero que sim", Rachel corou.

Samantha sorriu.

"Temos um longo dia de treinamento pela frente. Vamos terminar nosso café da manhã e aproveitar o nosso tempo."

Eles tomaram seu café da manhã novamente.

Rachel olhou para a comida, mas ainda estava pensando nas últimas palavras de Samantha.

Treinamento? O que diabos ele quis dizer com isso?

CAPÍTULO 8

O quarto de Samantha consistia em uma área grande e espaçosa.

E era simples, mas elegante.

Os móveis pareciam rústicos e caros.

A varanda estava aberta e tinha uma vista perfeita do oceano.

"O marido dela me disse seu tamanho e medidas", disse Samantha. "Então fui em frente e comprei um novo guarda-roupa para você."

Havia uma mala no meio da sala.

Samantha a abriu para revelar uma grande variedade de roupas, muito reveladora e uma grande variedade de roupas íntimas.

Rachel ficou estupefata.

"Isso é tudo para mim?"

"Tudo nessa mala é para você. Eu também comprei um novo kit de maquiagem."

"O que há de errado com a minha maquiagem?"

"Nada se você for contador", respondeu Samantha. "Mas se você quiser dar ao seu marido uma ereção constante, precisará trabalhar um pouco mais".

"Roger gosta do jeito que eu gosto."

"Você é uma mulher muito bonita. Tenho certeza de que Roger acha que você é a mulher mais bonita do mundo. Mas às vezes os homens querem apenas uma prostituta suja no quarto. Esses são os fatos."

Rachel fez uma pausa.

"Eu não sou mais exatamente uma jovem mulher."

"Não há absolutamente nada de errado com mulheres da sua idade. Todo mundo adora mulheres mais velhas. Eu adoro mulheres mais velhas."

"Então o que estamos fazendo?"

"É bom ser uma dona de casa primitiva e adequada. Mas também é bom ser uma vadiazinha suja no quarto de vez em quando. É isso que eu vou te ensinar."

Rachel respirou fundo.

"Tudo bem. Vou manter a mente aberta para o que você tem a dizer."

"Bom. Agora tire a roupa."

"Me perdoe?"

"Tire a roupa. Tire a roupa. Tudo isso."

"Por quê?"

"Eu pensei que você disse que estava mantendo a mente aberta" Samantha disse com uma sobrancelha levantada. "Se você quer minha ajuda, ouça o que tenho a dizer."

Rachel já sabia que discutir com Samantha nunca foi uma estratégia vencedora.

Ela respirou fundo para obter coragem e, hesitante, tirou as roupas, dobrando cuidadosamente cada peça de roupa e colocando-a na cama próxima.

Foi um pouco embaraçoso para Rachel se despir na frente de Samantha, já que seu corpo era envelhecido, e Samantha era muito jovem e em forma.

Mas Rachel disse a si mesma que era como se despir na frente do médico.

Samantha provavelmente tinha visto muitas mulheres nuas da idade dela.

Ela viu tudo.

Quando esta viagem terminar, nunca mais a verei.

Então, quem se importa se ela me vê nua?

Ela tirou todas as suas roupas e, no final, Rachel estava completamente nua na frente de uma mulher muito mais jovem e atraente.

"Muito feminina e bonita", disse Samantha com uma pequena dica enquanto assentia.

"Assim você acha?"

"Como eu disse, adoro mulheres mais velhas. E amo donas de casa. Acho que você é extremamente atraente."

Rachel encolheu os ombros.

"E o que vem depois?"

"Me siga."

Samantha levou Rachel para a cômoda.

Rachel sentou-se em frente ao grande espelho e uma mesa cheia de produtos de beleza de grife.

Ambos olharam para o reflexo em topless de Rachel no espelho.

Então Samantha usou um guardanapo úmido para limpar a maquiagem de Rachel até que seu rosto estivesse limpo.

As rugas e linhas da idade no rosto de Rachel se tornaram mais aparentes.

"Você tem tanta beleza natural, Rachel. Você é muito bonita."

"Obrigado."

"Mas não estamos interessados em beleza no momento", disse Samantha. "Estamos interessados em sexy. Você está pronta para isso, Rachel?"

"Acho que sim."

"Vamos começar."

Samantha foi diretamente ao trabalho de aplicação de cosméticos.

Ela habilmente aplicou uma camada de blush, sombra, rímel, delineador e um tom brilhante de batom vermelho.

Segundo a segundo, a dona de casa recatada viu sua aparência se transformar.

Quando ela terminou, Rachel mal conseguia se reconhecer.

"O que você acha?" Samantha perguntou, orgulhosa de seu trabalho.

"Parece ... parece ... interessante ..."

Samantha deu um tapinha nos ombros da mulher.

"Você vai se acostumar. Apenas lembre-se, isso é só para você e Roger. Ninguém mais."

"Entendi."

"Agora, vamos te vestir, ok?"

Rachel se levantou e seguiu Samantha na grande sala.

Samantha enfiou a mão dentro da mala e tirou uma túnica vermelha fina.

"Tente fazer isso", disse Samantha. "E olhe-se no espelho."

Rachel olhou para seu reflexo nu no espelho enquanto vestia o roupão.

Era escasso, fino e pequeno.

Acima de tudo, era semi-transparente.

A cor de seus mamilos e pelos pubianos era totalmente visível.

"É um pouco revelador, você não acha?" Rachel expressou o que era óbvio.

"Essa é a ideia. Quando você estiver em casa, eu quero que você use isso para Roger o tempo todo. Será um casamento mais feliz."

"Você quer que eu fique praticamente nua o tempo todo?"

"Pense bem, Roger argumentaria com você enquanto seus mamilos estão expostos?"

"Essa é certamente uma maneira divertida de ver as coisas", Rachel respondeu com uma risada.

Samantha sorriu.

"Eu ajudei muitos casais ao longo dos anos. Confie em mim, eu sei do que estou falando."

As duas mulheres sorriram divertidamente uma para a outra antes que ela experimentasse mais roupas.

CAPÍTULO 9

Mais tarde naquele dia.

Rachel estava em um estado de profundo relaxamento.

Eu estava na sala de spa, sozinha com uma massagista treinada.

Sua mente se afastou quando suas costas receberam uma massagem especializada.

Foi uma benção.

"Estou feliz que você esteja se divertindo", disse Samantha, entrando no spa.

"Isso é o céu."

"Uma boa massagem é sempre divina. Desculpe interromper, mas acabei de falar com meu pai ao telefone. Algo aconteceu."

Rachel sentou-se para ouvir as notícias.

Seus seios apareciam, mas ela não se importava.

"Esta tudo bem?" ela perguntou.

"Está tudo bem. Mas meu pai está tendo um grande jantar com vários de seus parceiros de negócios, e ele quer que eu me junte a ela. Ele me quer atualizado. Além disso, sou ótimo em receber convidados."

"Eu deveria estar indo?" Rachel perguntou, secretamente temendo o pior.

"Não, não. Mas não tenho certeza de que horas voltarei, então fique à vontade em minha casa. Já instruí a equipe a fazer um bom jantar para você. Faça o que quiser depois. Existem livros, filmes, música, o que você quiser. Minha equipe o ajudará com o que você precisar. "

"Obrigado, você é muito gentil."

Samantha levantou uma sobrancelha.

"Se você estiver com disposição para algo um pouco mais provocativo, tente a coleção de DVDs no meu quarto. Quem sabe, você pode ver algo que você gosta."

"Eu vou manter isso em mente", respondeu Rachel, sem saber como interpretar as insinuações.

"Divirta-se. Vou tentar voltar em breve."

"Que tenha uma boa noite."

Samantha sorriu e saiu.

CAPÍTULO 10

Naquela mesma noite.

A luxuosa mansão parecia um pouco chata sem seu dono.

Depois de um jantar cedo, Rachel assistiu o pôr do sol e explorou a casa mais uma vez.

Ele deu uma olhada no que tinha para a coleção de home theater e música, mas nada o interessou.

Agora ele estava assistindo televisão na sala de estar.

As notícias eram a única coisa que o interessava.

Ele se perguntou como Roger estava indo.

Ela se perguntou se Roger sentiria falta dela.

O tédio veio.

Eram onze horas da noite e Rachel decidiu ir para a cama.

No caminho para o quarto, ele passou pelo quarto de Samantha.

A porta estava aberta.

A oferta de assistir seus DVDs privados ainda estava na mente de Rachel.

Porque não?

Ela me convidou para entrar em seu quarto para assistir.

Rachel entrou no quarto principal e foi à grande televisão.

Os DVDs não foram difíceis de encontrar.

Havia mais de 200 DVDs, ele estimou.

Todos os DVDs eram caseiros.

Cada DVD tinha um nome escrito, junto com uma data.

Rachel ligou a televisão e o DVD player.

Ela selecionou um DVD aleatório intitulado: Joseph 03-07-2018

O DVD começou e Rachel sentou na cama.

Ela ficou surpresa com o que viu.

Um homem nu apareceu na tela.

Ele era de meia-idade e estava em forma normal.

Ele tinha o rosto de um empresário de sucesso.

Seu pênis era pequeno e flácido.

Ele parecia tímido.

Eu estava olhando diretamente para a câmera.

Ele estava em pé em um quarto de hóspedes.

O homem declarou seu nome, idade e que seu emprego era um promotor imobiliário.

A cena parecia muito estranha e deixou Rachel extremamente desconfortável.

Ele não conseguia entender por que Samantha teria um DVD assim.

Rachel se levantou e estava prestes a desligar o DVD quando, de repente, ouviu a voz de Samantha vindo da televisão.

Ele estava começando a dar ordens ao homem nu.

Rachel sentou-se para continuar assistindo.

O homem nu na tela se acariciou.

Seu pênis pequeno tornou-se um pouco maior e mais rígido.

O homem se ajoelhou quando a voz de Samantha o ordenou.

Samantha apareceu na tela e Rachel quase engasgou.

Samantha apareceu no vídeo usando um espartilho de couro apertado, mostrando os braços e as pernas.

Havia um longo consolo amarrado entre as pernas de Samantha, que devia ter pelo menos quinze centímetros de comprimento.

Samantha ficou na frente do homem ajoelhado, e o homem começou a sugar seu pênis do cinto com entusiasmo.

Tudo o que Rachel podia fazer era parecer quase em choque.

Fiquei completamente incrédula que Samantha fizesse isso com um homem.

Seus instintos lhe disseram para desligar o DVD, mas ele não conseguiu.

A tela havia se tornado hipnótica.

No vídeo, Samantha ordenou que o homem se levantasse e se inclinasse sobre a cama.

Ele fez isso com entusiasmo.

Samantha então aplicou uma grande quantidade de lubrificante no brinquedo sexual e se posicionou atrás do homem.

Rachel engasgou enquanto observava Samantha penetrar no homem.

Era tudo o que Rachel podia suportar.

Ele se levantou e desligou o DVD.

Quando ele colocou o DVD de volta em seu lugar na coleção, ele viu outro vídeo marcado como Anna em 23/05/2019.

Foi gravado há apenas alguns meses e o protagonista deve ter sido uma mulher.

Rachel ficou curiosa e inseriu o vídeo e sentou-se na cama.

O vídeo mostrou uma mulher madura e nua.

A mulher tinha cinquenta e poucos anos.

Obviamente uma dona de casa.

O vídeo também foi gravado na mesma sala, mas desta vez Samantha estava segurando a câmera e conversando com a dona de casa.

Samantha ordenou que a mulher se ajoelhasse e rastejasse até a boceta de Samantha.

A mulher habilmente praticou sexo oral na buceta raspada de Samantha.

Rachel ficou impressionada com a luxúria que sentiu ao assistir ao vídeo de sexo em casa de Samantha.

Ele se abaixou e se tocou enquanto olhava.

Ela começou a brincar com sua buceta.

Lesbianismo e submissão nunca foram suas fantasias, mas havia algo fascinante nos vídeos caseiros de Samantha.

Rachel continuou esfregando sua buceta até o vídeo terminar.

Então ele tocou outro vídeo, desta vez de um casal.

O tempo passou e Rachel já tinha assistido mais alguns vídeos.

Ela gozou poderosamente assistindo pornô caseiro.

Fazia muito tempo desde que ela sentira um orgasmo tão bom.

Ela fechou os olhos para descansar um pouco.

* * *

Rachel acordou e sentiu um dedo esfregar sua pele.

Os olhos dela se arregalaram.

Ainda era noite.

Ela olhou para cima e viu Samantha em pé sobre ela com um sorriso no rosto.

"Vejo que você gostou da minha coleção", Samantha sorriu.

Rachel rapidamente cobriu sua boceta.

"Oh Deus. Sinto muito. Devo ter adormecido."

"Não há nada para se arrepender. Você encontrou algo que gosta. Agora estamos prontos para o próximo passo."

As duas mulheres se entreolharam.

Houve um breve momento de silêncio entre eles.

E havia também um entendimento silencioso de que as coisas ficariam muito mais interessantes.

TERCEIRA PARTE:
Escravidão é o nosso prazer

CAPÍTULO 11

O café da manhã foi quase desconfortável na manhã seguinte para Rachel.

Foi a primeira vez em sua vida que ela foi pega se masturbando.

Ele tinha um sentimento de vergonha e desconforto.

"Você deve ter muitas perguntas", disse Samantha.

"Alguma coisa."

"Não seja tímido. Vamos ouvi-lo."

"O que exatamente você estava fazendo nesses vídeos?" Rachel perguntou.

"Pessoas diferentes têm fetiches diferentes. Isso é um fato da sexualidade humana. Eu simplesmente presto um serviço para esses fetiches."

"Você é algum tipo de dominadora, ou como é o nome dela hoje?"

Samantha sorriu.

"Quando eu quero estar. Ou se alguém precisar da minha ajuda."

"Você chama isso de ajuda?" Rachel perguntou, arqueando a sobrancelha.

"Claro que sim. Você viu o quanto essas pessoas corriam?"

Rachel de repente se sentiu tímida.

"Você estava ... hum ..."

"Vá em frente. Basta perguntar. Eu não vou morder."

Rachel respirou fundo.

"Você estava pensando em fazer alguma dessas coisas comigo ou com Roger? Esse era o plano o tempo todo? Roger quer ser sodomizado por uma trela? Ele quer me ver fazendo sexo oral com uma mulher?"

"Essas são as grandes questões, não são?"

"Você vai me dar uma resposta?"

Samantha parou drasticamente por um longo tempo enquanto bebia o suco espremido na hora.

"A resposta é essa", respondeu Samantha. "Seu marido não tem idéia do que ele quer. Ele sabe que quer uma vida sexual melhor. Ele sabe que não quer fazer sexo com uma mulher sem emoção toda semana."

"Roger me chamou de uma mulher sem emoção?" Rachel perguntou com sentimentos feridos.

"Não com essas palavras. Mas pela maneira como ele descreveu sua vida sexual, você também pode não ter emoções."

"Então, o que você acha que Roger quer? Para eu ser submissa como as mulheres em seus vídeos?"

"Talvez. Foi para isso que foi essa viagem. Infelizmente ele ficou ocupado e eu não posso ajudá-lo. Mas, felizmente, você está aqui."

"Você está brincando comigo?"

"Não. Ele não está. Posso dizer que ele não está. Mas ele está perto de fazer isso. O sexo que você fornece é inapropriado para um homem como ele."

"Oque tenho que fazer?" Rachel perguntou.

"Faça o que eu mandar. Vista como eu instruí. Chupe o pau dele como eu te ensinei. Na verdade, eu espero que você lhe dê um boquete todas as manhãs antes do trabalho, e novamente quando ele chegar em casa. Sem desculpas." não para ".

Rachel acenou com a cabeça.

"Eu posso fazer isso."

"Mas ainda há mais a aprender. O sexo oral não resolve tudo, acredite ou não."

"E o que é isso?"

Samantha lançou-lhe um olhar malicioso.

"Nós vamos ter que descobrir depois do café da manhã."

CAPÍTULO 12

Havia uma tensão perceptível no ambiente quando Rachel seguiu Samantha para uma sala privada na mansão.

O quarto tinha paredes lisas e móveis simples.

Havia uma cama pequena com apenas dois pés de altura.

A cama estava simplesmente coberta, sem cobertores ou travesseiros, apenas um lençol.

"Não vamos perder tempo", disse Samantha. "Seu marido quer uma esposa submissa. No fundo, acho que você anseia por uma figura sexual dominante."

"Eu discordo totalmente", disse Rachel com firmeza.

"Oh?"

"Não acho que Roger me ame assim. E certamente tenho meus limites. Sempre achei que um relacionamento adequado se baseia na igualdade".

"Mesmo durante o sexo?"

"Sim."

Samantha lambeu os lábios.

"Você tem muito a aprender hoje."

"Vou manter a mente aberta para o que você sugere."

Samantha acenou com a cabeça.

"Eu trouxe você aqui por um motivo específico. Esta é uma sala para iniciantes. Você ainda não está pronta para a sala de escravidão."

"Parece intimidador."

"Intimidando de um jeito bom. Mas, por enquanto, vamos nos contentar com esta sala porque é fácil limpar depois de um desastre."

"O que isto quer dizer?" Rachel perguntou.

"Isso significa que eu vou fazer você gozar. O caminho certo. Eu vou lhe mostrar como é um verdadeiro orgasmo."

"Samantha, eu aprecio tudo o que você está fazendo por mim, mas realmente não acho que seja necessário."

"Claro que sim", respondeu Samantha com firmeza. "Você não pode se tornar um verdadeiro submisso, a menos que tenha sentido os prazeres dele. Vamos começar devagar. Vou facilitar um novo estilo de vida para você."

Rachel foi atingida pela palavra estilo de vida.

As coisas estavam prestes a ficar mais interessantes.

E eu estava curioso para saber para onde as coisas estavam indo.

"Bom", ela respondeu. "Não vou discutir. Não vou reclamar. Farei o que você pedir."

"Quero ver você por trás. Quero você nua da cintura para baixo. Então deite na cama. Mantendo os pés no chão."

Rachel estava preocupada com o pedido.

Mas ela fez de qualquer maneira, já que dissera que faria sem discutir.

Ela tirou tudo deixando sua bunda no ar e cuidadosamente colocou suas roupas na cama.

Agora ela estava de pé com seu arbusto moderadamente peludo exposto a Samantha.

Então ele se deitou na cama pequena com os pés ainda no chão.

"Você terá que se barbear mais tarde", disse Samantha, olhando para os pelos pubianos.

"Meu marido gosta."

Faça a barba hoje, não se preocupe, ela voltará a crescer.

Rachel revirou os olhos.

"Óbvio."

"Agora abra suas pernas. Largas."

Rachel fez isso.

Ela abriu as pernas e deu a Samantha uma visão clara de sua vagina.

Ela se sentiu insegura mostrando sua boceta madura para uma bela jovem, mas ela supôs que havia um propósito por trás de tudo.

"Feliz agora?"

"Buceta linda", Samantha apreciou. "É lindo."

"Você vai ficar lá e olhar?"

"Claro que não. Se você não se importa, eu vou amarrar suas pernas na cama antes de fazer você gozar. Relaxe, eu prometo que você vai gostar."

Samantha pegou algo debaixo da cama e puxou uma corda que costumava amarrar os tornozelos de Rachel em postes opostos na cama.

Tudo foi feito com precisão especializada.

Samantha era claramente uma especialista em cordas e escravidão.

Quando ele terminou, as pernas de Rachel estavam espalhadas em um estilo de águia, amarradas, e sua boceta estava aberta.

Um zumbido alto ecoou na sala.

"Que diabos é isso?" Rachel perguntou, olhando para Samantha.

Samantha levantou um grande brinquedo sexual vibratório, que parecia e soava como uma ferramenta elétrica.

O dispositivo tinha um topo vibratório projetado para estimular o clitóris de uma mulher.

"Isso vai mudar sua vida para melhor. Agora relaxe."

Rachel estava deitada de olhos arregalados na cama.

A coisa estava se aproximando entre as pernas dela.

Samantha parecia que estava prestes a realizar um procedimento médico com o forte dispositivo vibratório.

O topo vibratório se aproximou da boceta exposta.

O poderoso vibrador tocou a ponta do clitóris de Rachel.

"Aaahhhh !!!!" a dona de casa madura gritou de dor.

Samantha se afastou por um momento.

"Relaxe. Relaxe, querida. Apenas relaxe enquanto eu cuido de você."

A poderosa vibração foi trazida de volta ao clitóris.

Rachel gritou novamente.

Ele poderia ter implorado para Samantha parar.

Ela poderia ter se sentado e empurrado Samantha.

Ela poderia ter lutado.

Mas ela não fez.

Rachel simplesmente deitou na cama e absorveu a intensa estimulação.

Embora fosse doloroso, houve também um pequeno lampejo de prazer.

O prazer cresceu e cresceu.

Rachel continuou angustiada, mas tentou relaxar seu corpo.

Ela aceitou o sentimento poderoso.

Suas pernas estavam puxando e lutando contra a corda, mas isso não ajudou.

As pernas dela não podiam se mover.

A sensação em seu corpo estava em conflito.

Ela queria resistir, mas também queria permitir que os sentimentos fluíssem.

Ela continuou a gemer e atirar na cama.

Samantha pressionou a palma da mão no corpo da dona de casa.

Então ela empurrou o dispositivo sexual vibrando com força contra o clitóris.

A estimulação foi irreal.

A dona de casa madura gritou de agonia e prazer.

Suas pernas lutavam contra a corda com todas as suas forças.

Foi uma batalha perdida.

Quando Samantha inseriu dois dedos dentro de sua vagina, entrando e saindo, Rachel veio.

Ela estava correndo e correndo.

Ela esguichou e esguichou mais de seus sucos.

Foi um orgasmo úmido que fez uma verdadeira bagunça em todos os lugares.

As costas de Rachel se arquearam violentamente.

Os dedos dos pés se curvaram.

Ele fez caretas estranhas enquanto estava quase irreconhecível por um tempo.

Então seu corpo ficou completamente mole.

Samantha desligou o aparelho e sorriu para o trabalho.

Ele abaixou o aparelho e desamarrou os tornozelos da dona de casa.

Ela se sentou na cama e esfregou os cabelos de Rachel, notando o quão bonita ela estava.

"Não lute para conversar ainda", disse Samantha, ainda esfregando os cabelos de Rachel. "Apenas relaxe. Aproveite sua felicidade. Tenho certeza que seu clitóris deve estar doendo agora."

Rachel acenou com a cabeça.

"Sim."

"Descanse. Deixe seu clitóris se recuperar. Vamos continuar treinando ainda hoje."

Samantha se inclinou para beijar Rachel na testa, depois na bochecha e depois nos lábios.

CAPÍTULO 13

O tempo passou sem pressa.

Almoçaram juntos e conversaram sobre coisas normais.

Uma amizade cresceu entre eles.

O assunto do sexo nunca havia voltado à tona, e o clitóris de Rachel teve tempo suficiente para se curar do ataque vibratório.

Rachel tirou uma soneca no meio da tarde e, quando acordou, havia um lindo vestido preto em sua cama.

Um par de sapatos de salto alto também estava na cama.

Havia uma nota manuscrita em cima do vestido.

A nota dizia:

Tome um bom banho longo. Em seguida, aplique sua maquiagem como eu te ensinei. E depois vista seu vestido e os saltos com mais nada por baixo.

Vamos nos encontrar lá embaixo na sala de escravidão às seis da tarde. A porta será destrancada. "

A nota foi assinada por Samantha.

Um formigamento cresceu entre suas pernas.

Rachel saiu da cama e tomou banho.

Ela se secou e olhou para seu reflexo nu no espelho antes de aplicar a maquiagem.

Ela aplicou cada produto cosmético exatamente como Samantha havia lhe ensinado.

Rachel colocou o vestido na frente do espelho do quarto.

O vestido era elegante e sexy.

Ela ficou maravilhada com o reflexo dele.

Ela parecia uma mulher muito diferente.

* * *

Ele desceu exatamente às seis da tarde e depois desceu o corredor.

Era fácil descobrir onde ficava a sala da escravidão.

Era o único quarto da mansão onde a porta estava sempre fechada.

Agora a porta estava aberta e ele parecia estar chamando por ela.

A sala de escravidão parecia chata em comparação com o resto da casa.

Era uma sala de tamanho médio, sem nada de valor.

Havia algumas mesas e cadeiras.

Havia outros itens de aparência interessante, como uma corda pendurada no teto e dispositivos de aparência estranha que pareciam ásperos.

Rachel entrou na sala e deixou seus olhos vagarem sobre ela.

A antecipação cresceu.

"Era isso que você esperava?" A voz de Samantha disse por trás.

Rachel se virou e viu Samantha vestida com um espartilho de couro vermelho e botas pretas.

Ela mostrou seus braços e pernas tonificados, e seu cabelo estava puxado para trás.

Ela estava vestida como uma verdadeira dominadora.

Samantha então fechou a porta.

"Eu estava esperando um pouco mais, para ser honesto", disse Rachel, escondendo os nervos.

"A maioria das pessoas espera mais da minha sala de escravidão. Mas eu prefiro a simplicidade. Gosto de ter esse elemento de surpresa."

"Que queres dizer?"

"Eu gosto que as pessoas subestimem esta sala", Samantha sorriu. "Além disso, é irrelevante que tipo de brinquedos e dispositivos são usados. É a vontade de enviar e o poder dominante sobre o submisso, que cria um bom relacionamento erótico de BDSM. Não os brinquedos".

As mãos de Rachel apontaram para o quarto.

No entanto, aqui estamos. "

"Não me interpretem mal", disse Samantha, caminhando em direção à dona de casa. "Adoro usar brinquedos. E também amo cordas. Eles melhoram meu poder sobre os submissos de várias maneiras".

"O que você vai me fazer?"

Os olhos de Samantha olhavam para cima e para baixo para a dona de casa.

"Eu esqueci de mencionar como você está linda nesse vestido. Parece perfeito para você, mostrando todas as suas curvas. E sua maquiagem, estou impressionada. Você aprende rápido."

"Obrigado. Você parece ... umm ... atraente nessa roupa."

"Eu sempre tento parecer o meu melhor."

"Então o que você vai fazer comigo?" Rachel perguntou novamente, quase desesperada para saber.

Samantha deu um passo à frente e aproximou os lábios da orelha da dona de casa.

"Eu vou amarrar você", disse Samantha suavemente. "Então eu vou fazer você gozar várias vezes. Você pertence ao seu marido. Mas hoje à noite você pertence a mim. Sua boceta pertence a mim. E seus orgasmos também a mim."

Os olhos de Rachel se arregalaram.

"Oh. Eu ... uh ..."

"Suponho que Roger nunca te amarrou."

"Nunca."

"Perfeito. Eu amo ser a primeira pessoa. Fique quieta."

Rachel ficou parada, timidamente, em seu vestido caro, enquanto observava Samantha girar um dispositivo na parede.

A corda pendurada no teto desceu para onde Rachel estava.

"Você vai me amarrar com isso?" Rachel perguntou.

"Há algum problema?"

Rachel sacudiu nervosamente a cabeça.

"Não."

"Tudo bem. Agora me dê suas bonecas."

Samantha usou a corda macia e habilmente amarrou os pulsos de Rachel.

O nó estava apertado.

As mãos de Rachel estavam atadas.

Ele não fez resistência.

Depois que ela amarrou a corda a ele, Samantha voltou à parede e girou o dispositivo na direção oposta.

Isso fez as mãos de Rachel subirem acima da cabeça.

Nada muito doloroso, mas o suficiente para impedir Rachel de se mover.

"Confortável?" Samantha perguntou com um meio sorriso.

Rachel quase tremeu enquanto estava com as mãos amarradas sobre a cabeça.

"Meus pulsos doem."

"Dói porque você está lutando. Relaxe. Entregue-se a mim."

Samantha abriu uma gaveta próxima e procurou dentro.

Ele puxou uma faca e caminhou lentamente em direção a Rachel com um sorriso malicioso, acenando com o objeto afiado.

"Oh, meu Deus!" Rachel ofegou com medo, pensando que algo horrível iria acontecer. "Por favor, não! Meu Deus! Meu Deus!"

"Não seja bobo. Eu não vou te machucar. Bem, não do jeito ruim."

Samantha levou a faca ao topo do vestido de Rachel.

Então ela cortou, dividindo o vestido ao meio.

Samantha colocou a faca em uma mesa próxima e depois abriu a parte superior do vestido, expondo os dois seios redondos de Rachel.

"Agora você parece uma verdadeira prostituta", Samantha sorriu. "Maquiagem excitada, cabelo bonito, saltos caros e um vestido rasgado que expõe seus velhos peitos caídos. Todos os sinais de uma prostituta. Você não concorda?"

Rachel assentiu nervosamente.

"Sim."

"Eu sempre sigo a regra dos dez centímetros. Diga-me, qual é o tamanho do pênis do seu marido?"

"Cerca de quinze centímetros", Rachel admitiu.

"Roger tem doze centímetros, então eu adiciono outros dez centímetros. Que é um total de vinte e dois centímetros."

Samantha abriu outra gaveta para pegar um vibrador de dez centímetros.

Ela olhou para ele, espantada com o tamanho.

Então ela colocou uma alça em volta da virilha e amarrou o vibrador de dez centímetros.

"Você vai colocar isso dentro de mim?" Rachel perguntou nervosamente.

"Eu vou estragar você com isso", respondeu Samantha, aplicando lubrificação no objeto sexual. "Você já fez sexo em pé?"

"Não."

"Outra primeira vez."

Samantha ficou na frente de Rachel.

Eles estavam cara a cara, a apenas alguns centímetros de distância.

Samantha estava segura e calma.

Rachel estava uma bagunça nervosa.

A tensão sexual estava espessa no ar.

Samantha se inclinou para frente e deu um grande beijo nos lábios de Rachel.

Foi bom no começo.

Então mais apaixonado.

Então ficou mais difícil.

Samantha mordeu gentilmente o lábio inferior de Rachel.

Então eles continuaram se beijando com a língua.

Enquanto eles se beijavam, Samantha abaixou as mãos e levantou o vestido de Rachel.

Então ele guiou a ponta do pênis do cinto até os lábios de Rachel.

Rachel abriu as pernas enquanto estava de pé.

O vibrador apontou para sua vagina.

"Eu vou te penetrar agora", Samantha sussurrou no ouvido de Rachel.

"Seja gentil."

"Não", Samantha sussurrou.

Enquanto as duas mulheres continuavam entrelaçadas, Samantha deu um forte empurrão e entrou na boceta de Rachel, causando um suspiro audível.

Samantha deu outro empurrão e entrou mais.

O objeto sexual estava ficando mais profundo.

Em um ponto, o objeto sexual de 22 centímetros foi completamente enterrado dentro da vagina.

Rachel estava gemendo e suas pernas estavam se agitando.

Samantha mostrou sua força física segurando firmemente as duas coxas de Rachel no ar.

Rachel estava completamente fora do chão, com as mãos penduradas na corda no teto.

Seus pés e calcanhares batiam loucamente com Samantha segurando as pernas.

"Não lute", disse Samantha, segurando a dona de casa no ar. "Quanto mais você luta, mais doerá. Renda-se a mim."

Samantha se recostou e deu outro empurrão forte, empurrando o vibrador mais fundo em sua boceta.

As mãos de Samantha mantinham uma trava firme nas pernas de Rachel.

Rachel ficou no ar enquanto a dominadora a penetrava.

Eles estavam fodendo.

Eles olharam nos olhos um do outro.

Rachel estava chorando e gemendo.

Mas ela nunca disse a Samantha para parar.

Ela não se atreveu, mas também não queria.

Fazia parte do treino, e ele começou a se sentir agradável quando seu corpo se ajustou ao tamanho.

Seus cabelos estavam despenteados, assim como seus pés.

Ele gostava de ser fodido por Samantha.

Seu corpo estava pegando fogo.

Os pulsos de Rachel doem.

A pele ao redor de seus pulsos estava ficando um tom vermelho escuro enquanto seu corpo pendia no ar.

Mas a dor em seus pulsos não era nada comparada à sensação de sua vagina.

O grande brinquedo sexual estimulou os nervos dentro de sua vagina que ela nunca soube que existiam.

Os empurrões continuaram.

Ela gritou e gritou.

Ela chorou e chorou.

Ela gemeu e gemeu.

"Venha para mim", disse Samantha, olhando para a dona de casa com prazer. "Venha para mim, sua velha puta suja."

Rachel empurrou seus quadris.

"Não sou velho!"

Um orgasmo atravessou seu corpo.

Rachel gritou no topo de seus pulmões.

As costas dela se arquearam violentamente.

Ela jogou os sapatos de salto alto pelo quarto.

Os fluidos da pequena vagina de Rachel espalharam-se por toda parte, deixando um trabalho sério para a faxineira.

Quando o orgasmo cedeu, os olhos de Rachel se voltaram e seu corpo relaxou.

Samantha soltou seu abraço e Rachel pendurou quase desmaiada da corda em volta dos pulsos.

Samantha abaixou a corda e o corpo semi-consciente de Rachel estava no chão em uma piscina de seus próprios sucos quentes.

Quando Rachel conseguiu abrir os olhos, viu Samantha tirando o espartilho, ficando completamente nua.

Rachel não pôde deixar de invejar o corpo nu perfeito de Samantha.

Samantha sentou no chão e brincou com os cabelos de Rachel.

"Roger tem sorte de ter uma prostituta orgástica como você", Samantha sorriu totalmente nua.

"Eu nunca vim assim antes. Nunca."

"Estou feliz por ter te servido por isso. Mas lembre-se, eu sou a dominadora, você é a submissa. Isso é para o meu prazer, não o seu. E até agora, eu ainda não vim."

Rachel levantou uma sobrancelha.

"Que tem em mente?"

"Você já comeu uma buceta?"

"Não."

"Que virgem você é em tudo. Deslize na minha direção. Coloque seu rosto entre as minhas pernas."

Rachel fez o que foi instruído a fazer.

Ela rastejou até seu rosto estar a centímetros de sua vagina.

"Beije meus lábios", ordenou Samantha, referindo-se à própria vagina. "Eu amo que eles me beijem."

Rachel obedeceu, beijando a camada externa da buceta raspada de Samantha.

"Lamba como um picolé. Então enfie a língua dentro como se não comesse há dias."

Rachel seguiu as ordens, lambendo sua vagina e testando os fluidos externos.

Sua língua sentiu cada ponto em seus lábios.

Então ele enfiou a língua dentro, lambendo e chupando.

Foi a primeira vez que ele comeu uma buceta, e ele percebeu que tinha um gosto bom.

"Tudo bem", Samantha gemeu. "Continue assim. Continue lambendo como um bom gatinho."

A dona de casa, outrora recatada, primitiva e adequada, rapidamente se tornou uma especialista em comer vagina.

Ela lambeu e chupou com entusiasmo.

Sua língua acariciou para cima e para baixo.

Momentos depois, Samantha veio e deu um grito agudo.

Suas pernas tremiam, então ela relaxou.

Os olhos de Samantha se iluminaram.

"OMG. Quem sabia que você poderia fazer isso tão naturalmente?"

Rachel sorriu e descansou a cabeça na coxa de Samantha.

"Você sabe bem".

"Assim você acha?" Samantha perguntou retoricamente.

Rachel beijou a coxa da dominadora.

"Sim."

As duas mulheres continuaram seu momento de conforto mútuo.

Rachel fechou os olhos e descansou a cabeça na coxa da dominatrix.

Samantha olhou para a linda dona de casa e acariciou seus cabelos.

CAPÍTULO 14

Dias depois.

Depois de pegar sua bagagem, Rachel empurrou um carrinho com duas malas para dentro: uma com suas roupas normais e a outra que Samantha havia lhe dado.

Ela viu o marido esperando lá fora.

Grandes sorrisos foram devolvidos.

Roger ficou feliz em ver sua esposa tão bronzeada e relaxada.

Ele correu para Rachel.

Ela parou o carrinho e deu-lhe um grande abraço sufocante.

Foi um momento especial.

Ela queria que aquele dia fosse um novo começo para seu casamento.

"Eu senti tanto a sua falta", disse Roger.

Rachel colocou os lábios no ouvido dele e sussurrou: "Você vai me levar para casa e me amarrar na cama do quarto. Então você vai colocar seu pau na minha garganta. E então você vai me foder. Entendeu?"

Ele se afastou um pouco para dar uma boa olhada em sua esposa, espantado com a linguagem suja dela.

Havia um brilho especial nos olhos de Rachel.

Uma fome

Luxúria.

Roger percebeu que sua esposa era uma mulher diferente.

Roger assentiu, aceitando o convite.

Rachel sorriu e o beijou.

FIM

58

ESCRITORA BDSM
DE
ERIKA SANDERS

PRIMEIRA PARTE
A REAÇÃO

CAPÍTULO I

O maior medo de Samantha era que alguém a reconhecesse nessas fotos.

Mas esse problema foi resolvido usando uma máscara fina.

A máscara era pequena e cobria apenas os olhos e o nariz, o que era bom o suficiente para manter o anonimato.

Ela fez poses diferentes para o fotógrafo.

Foi uma sessão de filmagem elegante com um tom submisso.

Vários fios amarraram levemente seu pequeno corpo magro, coberto por um fino vestido preto.

Seus pulsos também estavam amarrados e agora estavam sendo tiradas fotos dela deitadas no chão.

Foi uma sessão de arte de um fotógrafo local semi-famoso, que vendeu os retratos em diferentes galerias de arte.

"Tão linda", disse o fotógrafo, afastando-se. "Vire-se. De bruços. Bom. Vire-se."

Foi a coisa mais divertida que Samantha fez em um longo tempo.

Ela se virou como um filhote de escravo.

Então ela revirou.

Havia um leve sorriso em seu rosto, vivendo sua fantasia.

O fotógrafo notou o sorriso de Samantha e ele sorriu de volta, tirando mais fotos no processo.

"Acho que terminamos hoje", disse ele, abaixando a câmera. "Você foi excelente."

Ela se levantou e caminhou em direção a ele com os pulsos amarrados apontando para a frente.

"Eu estava apenas fazendo o que você me disse", ele sorriu.

O fotógrafo desamarrou os pulsos, finalmente a libertando de todas as cordas da escravidão.

Havia pequenas marcas vermelhas nos pulsos.

"Desculpe por isso. Talvez eu as coloque um pouco apertadas demais."

Ela balançou a cabeça e tirou a máscara.

"Não se preocupe. Acho que estava me esforçando demais. E as marcas desaparecerão em breve."

"Garota durona."

"Falando em ser duro, existe alguma chance de trabalho extra?"

"Depende", respondeu o fotógrafo. "Em breve, haverá uma mostra de arte em breve. Se seus retratos venderem, eu adoraria contratá-lo para mais fotos."

Ela sorriu.

"Estou ansioso por isso".

CAPÍTULO II

Depois de se vestir, Samantha foi diretamente para o quarto.

Ainda havia muito trabalho escolar a fazer.

A turma mais desafiadora do semestre foi seu curso de escrita criativa, focado em fazer histórias completas.

Essa era a classe em que ele mais queria trabalhar, porque isso lhe dava uma saída para escrever.

Ela adorava escrever.

E ela queria se tornar romancista algum dia.

Mais importante ainda, deu a ele uma plataforma para começar a escrever seu primeiro romance sob a tutela de um professor de destaque.

Ele era um professor que admirava profundamente muito antes de assistir à aula.

Ele era um professor que havia escrito vários livros que Samantha amava, lendo-os enquanto crescia.

Esses livros antigos influenciaram o estilo de escrever de Samantha, e ela ficou animada com a oportunidade de ele ensiná-la.

Ele terminou de escrever um esboço de uma página de sua próxima história enquanto estava sentado em sua cama.

Ele precisava enviá-lo ao professor antes de sua próxima reunião.

Depois de passar horas escrevendo e pensando, o estado de transe de Samantha foi quebrado quando ela bateu na parede.

Ela era sua linda colega de quarto e melhor amiga desde o colegial, vestida apenas com uma toalha e com os cabelos recém-secos após o banho.

"Você ainda está escrevendo suas coisas?" Vicky perguntou.

"Ah, claro, eu ainda estou nisso."

"Então, como foram suas fotos hoje?"

Samantha levantou os polegares.

"Bastante bem."

"Eu adoraria ver o novo livro."

"Espere, deixe-me verificar se você já os enviou para mim."

Samantha abriu rapidamente sua conta do Gmail e viu alguns novos e-mails.

Houve um email do fotógrafo que abriu e baixou o arquivo que ele continha.

Havia trinta e oito imagens no total.

"Eles já estão, eu os enviarei imediatamente", disse Samantha. "E deixe-me saber o que você pensa. Pessoalmente, acho que é uma coisa muito boa. Gosto mais do que fiz da última vez."

É claro que Samantha valorizou muito a opinião de Vicky sobre o assunto, porque sua amiga havia feito muito trabalho de modelagem e também planejava trabalhar na indústria da moda um dia como designer.

Vicky deixou cair a toalha e estava nua.

"Vou dar uma olhada neles mais tarde. Você já tomou banho? Essa festa é daqui a uma hora."

"Ah Merda."

Vicky vestiu um sutiã.

"É um daqueles dias, hein?"

Droga, espere.

Samantha rapidamente abriu o e-mail e escreveu uma mensagem para a professora.

Ela anexou o documento do Word e o enviou.

Então Samantha abriu outro e-mail e escreveu uma mensagem curta para Vicky.

Ela anexou o arquivo com as trinta e oito fotos de escravos submissas e enviou o e-mail.

Então Samantha fechou o laptop e pulou da cama.

Ela passou por sua colega de quarto seminua e entrou no pequeno banheiro, que ainda estava um pouco úmido, pois Vicky acabara de usá-lo.

Ele tirou a roupa e entrou no chuveiro, abrindo a torneira para deixar cair uma cascata de água quente.

Enquanto ensaboava e lavava os cabelos, Samantha pensou em seu próximo projeto de redação e se encontrou com a professora.

Ele pensou em como explicaria seu trabalho a ela.

Como ela a apresentaria.

Como ele iria se expressar.

Os principais pontos que ele queria transmitir para que o professor entendesse seus pensamentos e, esperançosamente, lhe fornecesse a aprovação e o entendimento de que tanto precisava.

Ele também pensou em coisas triviais, como o que vestir.

Ela queria parecer elegante, mas ousada, sem enviar os sinais errados também.

Ela queria parecer inteligente sem estar muito tensa.

Ele também não queria parecer muito simples ou fácil, ou perderia o respeito do professor.

Ela precisava parecer bem.

Talvez ele perguntasse a Vicky sua opinião mais tarde sobre esse assunto também.

Samantha desligou a água, secou o cabelo e voltou para o quarto do quarto, onde Vicky já estava vestida e estava usando seu próprio laptop.

"O que você acha das fotos?" Samantha perguntou, olhando dentro de seu armário.

"Você quer dizer a sua escrita?"

"Não, para minhas fotos, obviamente."

"Bem, você acidentalmente me enviou sua carta", relatou Vicky. "Parece muito bom. Não sou muito leitor, mas compraria este livro se você o escrever."

Samantha congelou.

Seus olhos se arregalaram e seu estômago afundou.

Ele correu para o laptop e verificou a conta do Gmail.

Ele checou seus e-mails enviados, para ver a mensagem que havia enviado ao professor.

Então ele olhou para o anexo.

"Oh, Deus".

Ele cobriu a boca com a mão quando percebeu que enviou acidentalmente ao professor as trinta e oito fotos da escravidão.

"Minha ... vida ... está ... arruinada", gemeu Samantha, desabando na cama, querendo chorar no processo.

"Merda, você acabou de enviar essas fotos para o seu professor?" Vicky riu de uma maneira engraçada.

Samantha enterrou o rosto no travesseiro.

"Eu não quero falar sobre isso."

"Olhe pelo lado positivo. Se ele é um cara normal, ele provavelmente vai te dar um A para a aula. A desvantagem é que você provavelmente terá que chupar o pau dele. A menos que ele seja sexy, então você vai querer. Você sabe, tudo isso tema professor / aluno ".

"Vou encontrá-lo amanhã. Deus, espero que ele não me denuncie por tentar me candidatar a sexo ou algo assim. Ele pode ser expulso da escola."

"Existe uma regra contra o envio de fotos de submissão ao professor?" Vicky perguntou.

"Não sei."

"Bem, você tomou banho super rápido. Talvez você ainda não o tenha visto. Por que você não liga para ele e diz para ele evitar ver seu e-mail?

Samantha sentou-se ereta, com lágrimas nos olhos.

"Você é um gênio."

Ele procurou no currículo o número do celular do professor, mas ele não estava lá, ao contrário de outros professores.

O único curso de ação seria orar para que você ainda não o tenha visto.

Ela enviou outra mensagem de aviso com antecedência.

Ela enviou um e-mail com o título: POR FAVOR, NÃO ABRA O OUTRO E-MAIL

"Professor,

Eu sou Samantha. Temos um compromisso amanhã de manhã. Enviei-lhe outro e-mail alguns momentos atrás. Espero sinceramente que você não a tenha aberto. Se não, por favor não. Se sim, sinto muito. Foi um acidente.

Aqui envio-lhe a minha escrita.

Espero que esse erro não comprometa nosso relacionamento acadêmico. Ainda pretendo vê-lo amanhã para discutir o projeto de redação.

Com os melhores desejos,

Samantha ".

Em seguida, ele anexou o arquivo com a escrita, verificando se estava indo bem dessa vez.

Depois que a mensagem foi enviada, Samantha caiu de volta na cama.

Ela percebeu que a toalha havia sido aberta e o seio esquerdo estava parcialmente exposto, mas ela não se importou.

Ele ainda tinha uma festa para ir.

Mas eu não tinha ideia se poderia me divertir novamente.

CAPÍTULO III

Pouco antes da reunião da manhã, Samantha resolveu tirar algumas roupas do armário.

Calça cáqui, camisa branca abotoada e colete escuro.

Informal, mas elegante.

Seu cabelo estava preso em um rabo de cavalo e ela usava maquiagem mínima.

A última coisa que ele queria era emitir vibrações eróticas, especialmente depois daquele horrendo erro de e-mail, que o professor também não se incomodou em responder.

Ela foi ao seu escritório no prédio de ciências humanas.

Quando chegou lá, ele viu, através da porta de vidro, o professor sentado atrás de sua mesa usando o computador.

Samantha ficou um pouco irritada com o fato de a professora estar em seu computador e nunca se deu ao trabalho de enviar um e-mail de resposta.

Oh, bem, ele pensou, isso teria poupado um pouco do desconforto.

Ele bateu na porta para chamar sua atenção.

"Bem a tempo", disse o professor. "Feche a porta e sente-se."

A professora era muito mais velha que ela.

Talvez ele tivesse 45 ou 50 anos, duas vezes a idade dele.

Ele era bastante bonito, com um comportamento severo e forte.

Havia um ar de sabedoria nele, o que deixava claro que ele era uma pessoa muito inteligente.

Ele fechou a porta e sentou na cadeira em frente à mesa do professor.

Ele ficou sentado em perfeita postura, enquanto o assunto do e-mail ainda permanecia em sua mente.

Ele se perguntou se iria abordá-lo ou não.

Até agora, esse não parecia ser o caso.

Em vez disso, o professor colocou um pedaço de papel sobre a mesa.

Era uma cópia impressa da lição de casa de Samantha, com anotações manuscritas em todos os lugares.

"Eu sou da velha escola", disse ele. "Prefiro escrever no papel e comentar com uma caneta. Vamos começar agora?"

Ela assentiu.

"Claro."

"Vou abordar o assunto em questão, gosto das suas idéias. A história de uma jovem que encontrou seu caminho na vida é muito recorrente, mas essa é uma nova reviravolta. Se bem me lembro, no primeiro dia do curso, você disse que queria se tornar um romancista, certo? "

Ela assentiu.

"Assim é."

"E você disse que queria fazer deste o seu primeiro romance que você espera publicar um dia, isso também está correto?"

"Isso está absolutamente correto. E eu não contei isso a você, mas na verdade sou uma grande fã de seus livros. Eles são inspiradores para mim. E eu valorizo muito seus comentários."

"Eu aprecio as palavras gentis", disse ele em um tom calmo. "Estou aqui por você e por todos os meus outros alunos. Foi por isso que me tornei professor, para transmitir meus conhecimentos, o que eu tenho, para ajudar a próxima geração de escritores."

Samantha olhou para ele com uma mistura de preocupação e angústia, como se estivesse profundamente humilhada simplesmente sentada ali.

"Algo está errado?" perguntou o professor.

Ela reuniu coragem.

"Você checou o e-mail ontem à noite?"

"Obviamente que sim. Estamos discutindo sua tarefa de redação, certo?"

Ela se sentiu uma idiota.

"Não é esse e-mail. Eu estava me referindo ao outro, você sabe, o e-mail enviado por acidente. Havia um anexo. Você fez o download?"

"É meu trabalho olhar para o que os alunos me mandam. Então, sim, quando eu vi o anexo, eu o abri."

"Vi minhas fotos?" Samantha perguntou retoricamente.

"O cabeçalho do seu e-mail era o dever de casa. Não sou um leitor de mentes, Samantha. Sim, vi suas fotos. Mas não fique envergonhado."

Ela deu um breve suspiro de alívio.

"Então você não está desapontado comigo?"

"Por que eu deveria estar?"

"Porque o aluno dele, que frequenta uma universidade de prestígio, posa para fotos como essa".

"Não julgo as pessoas por explorarem outros caminhos", respondeu ele. "É disso que se trata a vida, não é? Descobrir o que você gosta, o que você não gosta e depois tomar decisões."

"Obrigado."

"Por quê?"

"Obrigado por não ser um idiota", disse ele. "Desculpe minha língua, mas tenho certeza de que outros professores desta universidade me teriam expulsado. Ou isso, ou eles exigiriam sexo oral ou algo assim."

"Na verdade, eu estava prestes a solicitar seus serviços."

Ela estava surpresa.

"A sério?"

"Estou só brincando. Você provavelmente está certo. Outros professores poderiam ter interpretado esse email como um pedido sexual. Mas eu não sou como outros professores. Entendo que as pessoas cometem erros com os emails."

"E as fotos em si?" ela perguntou. "Você considera um erro da minha parte?"

"Você sim?"

Samantha sentou-se ereta e desafiadora.

"Não, eu não sei. Tenho orgulho das fotos que eles tiraram de mim. Acho que são lindas e artísticas."

"Se é isso que você pensa, quem sou eu para julgar?"

"Estou feliz que resolvemos isso", respondeu ela aliviada.

"Por que você não incorpora isso em seu romance? Você sugeriu temas de sexualidade para a história que planeja escrever, então por que não incorporar um pouco disso? Você não precisa entrar em detalhes, mas fale sobre sua própria exploração".

"Sinceramente, não sei se posso fazer isso."

"Você tem experiência com o estilo de vida dessas fotos?", Perguntou ele.

Ela negou com a cabeça.

"Na verdade, não ".

"Por que não, se posso perguntar?"

Samantha pensou por um momento.

"Eu nunca encontrei alguém em quem eu possa confiar. Quero dizer, fazer sexo é uma coisa, mas submissão é outra coisa. Eu sinto que é muito mais íntimo e deve ser compartilhado apenas com a pessoa certa."

"É por isso que eu gosto de você. Você é inteligente, talentoso e forte. Existem muitos idiotas por aí. Mas um verdadeiro relacionamento submisso ao Mestre é baseado em confiança e carinho. O Mestre deve respeitar o submisso. Deve haver confiança. submisso pode ser completamente livre para deixar ir. "

Um sorriso apareceu em seu rosto.

"Como você sabe tudo isso?"

"Normalmente não falo sobre isso, mas fui mestre de várias mulheres em minha vida. As mulheres eram muito submissas e me deram total obediência. Em troca, cuidei delas emocional e sexualmente. Elas eram relações baseadas em confiança e entendimento mútuo".

Por um momento, Samantha ficou impressionada.

Ela esperava que a consulta no escritório fosse dolorosamente estranha.

Em vez disso, o que ela recebeu foi uma professora sexualmente avançada que aparentemente a entendeu.

"Tudo bem", ela disse. "Acho que ele está certo. Faz sentido incorporar algumas dessas coisas no meu projeto de escrita. Nem tudo relacionado à escravidão, obviamente, mas a auto-reflexão e descoberta."

A professora dobrou o papel.

"Então agora você não precisará de todas as minhas anotações, pois a história mudou. Mas leve-as com você. Sugiro que você encontre uma nova história para a segunda metade do seu romance, juntamente com um novo final. Muitos estudantes consideram esse curso revelador. Eles aprendem coisas sobre si mesmos durante o processo de escrita. É isso que eu amo ensinar. "

Uma sensação de decepção tomou conta de Samantha quando a professora colocou o papel dobrado na frente dela.

"Nosso encontro acabou?" ela perguntou.

"Sim. Obviamente você tem que mudar partes da sua história, então meus comentários são basicamente inúteis."

"Podemos nos encontrar de novo? Eu ainda queria conversar com você por algum conselho de escrita."

"Podemos discutir a escrita depois que você lidar com sua trama."

Um novo senso de confiança e compreensão tomou conta de Samantha.

Foi como uma epifania.

Seu amor pela escravidão e pela escrita aparentemente se uniu pela primeira vez.

Ela assentiu.

"Obrigado por tudo. Você é o melhor."

"Por que tenho a sensação de que você está planejando alguma coisa?"

"Apenas meu primeiro romance", ele sorriu.

"Eu queria dizer o que disse. Gosto do fato de você ser cauteloso com suas fantasias e seu corpo. Se eu posso lhe ensinar uma coisa, seria não fazer nada estúpido com seu corpo. Respeite a si mesmo. Essa é a coisa mais importante que posso ensinar. uma jovem como você. "

Naquele momento, Samantha tinha sentimentos pela professora.

Ele sentiu isso em sua mente, coração e entre as pernas dela.

Ela sabia disso.

E a professora percebeu o que ela devia estar pensando.

SEGUNDA PARTE
AS IMAGENS

74

CAPÍTULO I

Algumas semanas se passaram.

Com o sucesso alcançado na galeria de arte, a fotógrafa pediu a Samantha que retornasse ao estúdio para tirar mais fotos, e ela aceitou com prazer.

Era sua chance de escapar do estresse da vida e desfrutar de uma fantasia.

Além disso, o dinheiro que eu conseguiria por isso era bom.

Como guarda-roupa, ela usava uma pequena roupa preta, composta por um sutiã e calcinha de couro.

Ele também usava botas pretas.

Finalmente, e mais importante, ele usava a pequena máscara preta.

Deus não permita que alguém a reconheça.

Enquanto vestia a roupa e a máscara, Samantha sentiu uma onda de excitação enquanto se preparava para a sessão de fotos.

De uma maneira estranha, ela entendeu as necessidades dos viciados.

Esse era o seu vício.

Algo que ele desejava emocional e fisicamente.

Quando ela estava pronta, ela entrou no estúdio onde o fotógrafo estava preparando sua câmera.

As luzes, acessórios e fundos já estavam no lugar.

Eles tiveram suas conversas e piadas habituais.

Samantha expressou sua gratidão e felicidade por os outros retratos terem vendido bem.

O fotógrafo observou que tudo era graças a ela.

"Vamos continuar de onde paramos?" perguntou o fotógrafo, segurando a câmera na mão, com a alça em volta do pescoço.

"Na verdade, eu gostaria de tentar algo um pouco diferente hoje."

Ele parecia aberto a isso.

"Você tem algo em mente?"

"Na verdade não. Eu não sei. Mas me sinto um pouco mais aventureira."

Ele pensou por um momento.

"Que tal mostrar um pouco mais de pele? Eu sei que você sempre se preocupou com isso, mas mais pele geralmente ajuda nas vendas."

Após um breve momento de hesitação, Samantha puxou o lado esquerdo do sutiã para baixo, revelando parcialmente seu pequeno mamilo rosa.

"Que tal?" ela perguntou.

Ele permaneceu profissional sobre isso.

"Podemos fazer assim. Claro. E a escravidão? O mesmo de antes?"

"Mãos nas suas costas desta vez. E de joelhos. Gosto de quão vulnerável vou parecer."

"Havia algo em seu café hoje?" ele brincou.

"Deixe. A única coisa que acontece é que eu sou uma mulher com uma idéia em mente."

"O que você disser. Gosto dessa idéia. Vamos começar com isso. Vou amarrar seus pulsos por trás."

O fotógrafo abaixou a câmera e a deixou pendurada no pescoço.

Então ele foi para as cordas.

Samantha se virou e colocou as mãos atrás das costas.

Antes que ele amarrasse as cordas a ela, ela o deteve.

"Espere, espere um momento."

Samantha estendeu a mão e abaixou um pouco a parte direita do sutiã, expondo seus dois pequenos mamilos rosados.

Então ela rapidamente colocou as mãos atrás das costas.

"Ok, agora estou pronta", disse ela.

O fotógrafo amarrou a corda e deu um nó, juntando as mãos de Samantha.

Isso lhe deu uma estranha sensação de satisfação, especialmente agora que seus mamilos estavam expostos.

"Agora estamos prontos para seguir em frente. Faça-me uma pose. Já que você se sente aventureiro hoje, vou deixar você improvisar. Faça o que quiser."

Samantha encarou a fotógrafa, que deu alguns passos para trás e começou a tirar fotos.

Isso a fez se sentir estranha para um homem tirar fotos de seus mamilos nus, enquanto suas mãos estavam atadas.

Foi tão emocionante e ela sentiu um zumbido entre as pernas e sensações de formigamento nos mamilos.

Não havia muito que ele pudesse fazer com os braços.

E ela estava acostumada a receber instruções durante a modelagem.

Então o começo foi um pouco estranho.

Pouco a pouco ela se acostumou, movendo os ombros, quadris e pés para formar poses diferentes.

Então ele se ajoelhou.

Uma pose vulnerável.

Ele tirou fotos diferentes de diferentes ângulos.

Ela rolou para o lado.

Ele tirou mais fotos.

Ela rolou, pressionando o estômago e os mamilos no chão.

Ele tirou fotos da bunda dela.

Então ela rolou de costas, as mãos amarradas atrás dela, os mamilos apontando para o ar.

Ele tirou mais fotos e sentiu uma onda de adrenalina.

Graças a Deus pela máscara, que lhe permitiu preservar sua identidade quando essas imagens seriam publicadas em várias galerias de arte, vistas por Deus sabe quantas pessoas.

Exibicionismo foi uma emoção estranha para ela.

Mas não tanto quanto submissão.

CAPÍTULO II

Depois de uma rápida sessão de masturbação em seu quarto, Samantha lavou as mãos e se acomodou na cama.

Ela sentou-se ereta, de costas contra o travesseiro e o laptop no colo.

Recém tirada da sessão de fotos, ela estava armada de novas emoções e experiências, o que era perfeito para um escritor amador como ela.

Ele abriu o processador de textos e continuou sua tarefa de escrever, que também seria a base para seu primeiro romance.

Eu já tinha várias páginas criadas.

Enquanto escrevia Samantha, ela se deparou com um obstáculo.

Ele se perguntou quanto de sua vida pessoal ele usaria.

Ele se perguntou até que ponto o personagem da história escolherá explorar.

E explorar o que?

A fantasia de Samantha era submissão sexual.

Isso é o que ela sempre desejou.

Era isso que ela queria.

Mas colocar isso no livro permitiria que seus amigos e familiares conhecessem seus pensamentos internos, porque todos estariam lendo.

Eles se perguntavam se Samantha estava escrevendo uma história puramente ficcional, ou se ela estava expressando seus próprios desejos e usando o livro como um meio de comunicação.

Era o dilema do escritor.

Felizmente, ela conhecia o homem com quem podia conversar sobre isso.

Ele abriu sua conta do Gmaíl e viu que ele tinha dois e-mails.

Um de um amigo, o outro do fotógrafo que acabou de enviar por e-mail o último conjunto de imagens que eles fizeram juntos naquele dia.

Mas isso não era importante no momento.

Ela escreveu uma mensagem com um cabeçalho direto: podemos nos ver?

"Oi professor,

Eu espero que você esteja bem. O progresso em minha tarefa de redação tem sido constante, mas cheguei a um obstáculo em termos de história.

Mais especificamente, estou lutando com o quanto da minha vida pessoal devo incluir nela. E sim, estou me referindo ao tópico que discutimos em seu escritório há algumas semanas. Tenho certeza que você entende como eu deveria me sentir sobre isso.

Por favor me ajude!

Samantha "

Enviou a mensagem.

Então ela leu o e-mail da amiga e enviou uma resposta rápida.

Por fim, ele abriu o e-mail do fotógrafo, com um breve comentário e um anexo, com um total de sessenta e oito imagens.

Ela baixou o arquivo e olhou brevemente para as imagens.

Foi um pouco surreal se ver assim.

Mãos atadas atrás das costas.

A máscara que escondia sua identidade.

E os mamilos expostos.

As fotos dela de joelhos e de costas eram emocionantes.

Os entusiastas da arte erótica definitivamente comprariam essas imagens na próxima exposição de arte.

Eles foram feitos de maneira brilhante, pensou Samantha.

Ele se perguntou brevemente se deveria enviar essas mesmas fotos para a professora.

Talvez ele também gostaria de vê-los.

Ele obviamente entende as escolhas de Samantha, que ela apreciou profundamente.

Além disso, essas imagens eram um tanto relevantes para a tarefa de escrever, pois era uma expressão de sua própria sexualidade e exploração.

Samantha escreveu outro e-mail com um cabeçalho curto e uma mensagem curta para o professor.

Ele anexou o arquivo com as sessenta e oito imagens que o fotógrafo havia tirado dele naquele dia.

Ele estava enviando ao professor mais fotos da escravidão, só que desta vez, seria de propósito, não por acidente como antes.

Seu dedo permaneceu um pouco no botão 'enviar' no email.

Ela hesitou.

Então ele excluiu o email completamente.

O que o professor pensaria se ela lhe enviasse outro conjunto de fotos de escravidão?

Provavelmente ela estava tirando sarro dele, pensou, considerando que ele disse que o outro havia sido um erro.

Ou que ela estava tentando desesperadamente seduzi-lo.

Um email chegou.

Foi uma resposta do professor:

"Claro, amanhã eu estou livre às nove da manhã. Dou outra aula às dez da manhã, para que o tempo seja limitado.

Envie-me sua história. Vou ler hoje à noite e poderemos discutir amanhã.

Professor "

As coisas estavam se movendo e as rodas estavam em movimento.

Ela o enviou de volta com um anexo de sua história.

Ela se perguntou o que ele pensaria.

CAPÍTULO III

Na manhã seguinte.

A porta do escritório do professor estava aberta.

Como sempre, ele parecia estar trabalhando, olhando alguns papéis em sua mesa.

Samantha se vestiu de maneira semelhante ao seu último encontro.

Algo casual, mas elegante. Não muito sexy, nem muito pudico.

Ela não queria enviar os sinais errados, especialmente sobre o que eles discutiriam.

Depois de bater na porta, a professora viu a aluna e a convidou para entrar.

Eles trocaram algumas piadas enquanto ela se sentava em frente a ele na mesa.

Claro, eles conversaram muitas vezes na aula, mas uma reunião privada era sempre mais especial.

"Você leu tudo?" ela perguntou.

"Gostei. E gostei muito", respondeu ele. "Trabalho sólido. Você tem um bom talento. Acho que sua força como escritor é o seu realismo. Há uma grande profundidade nos personagens."

O orgulho explodiu dentro de Samantha, mas ela conseguiu contê-lo.

"Obrigado. Eu pensei muito sobre isso."

"Tenho certeza que sim. Como tarefa de redação, este provavelmente é um trabalho de nível A", explicou. "Mas você não está satisfeito com isso, está? Você quer se tornar um romancista."

"Assim é."

A professora pegou alguns papéis.

"Algumas anotações que eu fiz, que queria discutir com você. São exemplos simples para expandir suas descrições e histórias secundárias, para que você possa completar um bom livro. Embora eu não espere que você faça isso agora. Francamente, se cada aluno me desse um longo romance, eu seria envolvido. constantemente lendo ".

Samantha pegou os papéis e seus olhos rapidamente leram as anotações.

"Isso é incrível. Obrigado."

"Não há necessidade de me agradecer."

"Ele faz isso para todos os alunos?" ela perguntou.

"Somente para estudantes que querem se tornar romancistas e querem um nível extra de crítica. Estou sempre pronto para ajudar nesse sentido."

"Você já dormiu com um aluno?" ele perguntou sem rodeios, sem se preocupar com as possíveis consequências.

"Porque me pergunta isso?"

"Estou pesquisando personagens para minha tarefa de redação."

Ele sorriu.

"É mesmo? Você é uma garota direta, sabia disso?"

"Garotas tímidas não podem entrar em uma escola como essa. Com certeza."

"Você provavelmente está certo sobre isso."

"Então, qual é a resposta?"

"Eu fiz isso com um aluno há alguns anos", ele respondeu. "Mas lembre-se de que eu não era um perseguidor. Nunca persegui sexualmente um estudante."

"Então, como isso aconteceu?"

"Digamos que tínhamos um amigo em comum e nos conhecemos em uma festa. Uma festa de swingers. Nós dois tivemos fins opostos do mesmo interesse. Ela era uma submissa incondicional. Eu era um mestre experiente. Você pode imaginar o resto."

"Interessante."

"Isso realmente vai estar na sua história?"

"Provavelmente", ela respondeu. "Na minha história, a jovem forma um relacionamento com um homem muito mais velho, que tem muito mais experiência na vida."

"Bonito também, espero."

"Oh sim."

"Falando nisso, você mencionou algo em seu e-mail sobre a incorporação de sua vida pessoal em sua história."

Samantha acenou com a cabeça.

"Isso mesmo. Meu coração e minha mente querem levar a história na mesma direção. O ponto é que essa direção envolve, você sabe, sexo. A maioria dos jovens passa por essa fase, onde apenas deseja explorar o sexo e suas relações. beleza. Acho que é por isso que está fluindo na minha escrita. "

"E você está preocupado que as pessoas o julguem com base no conteúdo da sua história."

"Exatamente. Ele passou pela mesma coisa com seus livros?"

"Claro que sim. Mas é diferente. Eu sou um homem. Você é uma jovem. A sociedade tem padrões diferentes para nós quando se trata de sexo. Mas se você está procurando uma resposta minha a esse respeito, desculpe, não posso lhe dar uma. Resposta. Isso tem que ser seu. Essa é sua arte, sua história, não minha. "

Samantha pensou por um momento e assentiu.

"Posso te mostrar uma coisa?"

"Claro."

"Espere um segundo."

Samantha pegou o telefone e procurou nas fotos.

Então ele entregou o telefone ao professor.

"São de uma sessão de fotos que fiz ontem", explicou. "Eu quase enviei para você ontem, mas não achei apropriado."

Ele revisou as imagens explícitas.

"Então por que você acha que é apropriado agora?"

"Porque eu valorizo sua opinião. E eu queria mostrar a você que segui seu conselho desde a última vez que nos conhecemos. Ele me disse para respeitar meu corpo. Bem, eu sim. Sim. Sim. Essas poses foram minha ideia. Essa é a minha fantasia e minha expressão sexual. como uma jovem saudável. "

O professor olhou as fotos no telefone novamente.

"Você certamente parece uma jovem saudável."

Ele devolveu o telefone para ela e Samantha o guardou.

"Posso fazer uma pergunta pessoal?"

"Por que não? Nós já estamos ficando pessoais."

Ela engoliu em seco.

"Como mestre, o que você faria com seu submarino, se ela estivesse nessa posição? De joelhos, com as mãos amarradas."

"Alguma razão específica para você querer saber disso?"

"Só estou curioso. Isso ajudará na minha tarefa de escrever, pois eu entenderia o que um verdadeiro mestre faria nessa situação."

Ele pensou por um momento.

Talvez ele estivesse pensando no que faria.

Talvez ele estivesse pensando se deveria dizer ou não.

Samantha não conseguiu dizer.

Por fim, o professor deu sua resposta:

"Eu treinaria sua garganta."

Ela ficou brevemente surpresa.

"Suponho que você quis dizer ..."

"Garganta profunda. Desculpe pelo idioma, mas é o que eu faria. É a coisa mais óbvia nessa posição, certo? Você está de joelhos. Com as mãos amarradas nas costas, você não será capaz de resistir à minha entrada pela boca."

Samantha sentiu sua boceta apertar.

"Isso certamente faz sentido."

"Bem, é assim que você cria uma boa história. Você imagina todos os cenários e o que aconteceria a seguir. Como os diferentes personagens reagiriam em cada situação. É assim que você deve pensar."

"Eu sei."

Ele levantou uma sobrancelha.

"Parece que você tem mais da sua história completa do que me enviou por e-mail."

"Enviei tudo para ele", disse ele com uma expressão brincalhona. "Eu também tenho muitas idéias, mas ainda não as escrevi. Preciso superar a ansiedade de que as pessoas conheçam meus pensamentos".

"Os autores não podem forçar limites se estiverem preocupados com o que as pessoas pensam. Isso é certo."

"Você tem algum conselho para isso?" Ele perguntou com uma voz levemente estridente, como se estivesse sugerindo algo.

"Bem, eu escrevi todos os meus romances da mesma maneira, que é produzir a melhor história possível que quero contar, e esperando que as pessoas gostem de lê-la."

"Tem sentido."

"Mas não vou recomendar a você, dada a natureza do que estamos discutindo", acrescentou. "Tem que ser sua decisão que tipo de história você deseja contar, quão honesta é e quanto sexo você deseja incluir".

"E se eu quisesse, você sabe, forçar os limites?"

"Essa é sua decisão. Mas, como eu disse, não seja estúpido. Este mundo está cheio de pessoas que querem usá-lo para fazer sexo."

"E se eu quisesse ser usado? "

A professora olhou diretamente nos olhos dela.

Ela retornou o olhar dele.

Nenhum deles era ignorante.

Eles sabiam exatamente o que estava passando na mente um do outro.

"Estou velho demais para brincar, Samantha", disse o professor. "Eu já fui generoso com meu tempo e feedback. Então, se você quer algo mais de mim, não brinque, apenas seja uma mulher adulta e diga."

Samantha sentiu um aperto no peito.

Ela inspirou e expirou mais alto.

"Você vai me ajudar? Você vai me ensinar?" Ele já disse com confiança.

"Ensinar o que, exatamente?" ele perguntou abruptamente, como um professor repreendendo um mau aluno por ser muito impreciso. "Seja claro."

"Você seria meu mestre?"

"Essa escolha é um presente", disse ele. "Você tem que escolher sabiamente."

Ela respirou fundo.

"Eu cometi um erro horrível? Deus, eu sou um idiota. Sinto muito. Por favor, eu estou te implorando, não deixe que isso arruine nosso relacionamento acadêmico. Eu realmente quero continuar trabalhando com você."

"Você é barulhento quando tem orgasmos?" ele perguntou sem rodeios.

"Desculpe?"

"É uma pergunta simples. Acho que você me ouviu direito."

Ela limpou a garganta.

"Estou quase normal. Mas tudo depende, é claro, do meu humor e de como me sinto."

"Levante sua camisa, depois levante seu sutiã para expor seus mamilos, como nessas fotos."

Foi o momento da verdade.

A primeira vez que Samantha se submeteria a um homem.

Ele levantou sua camisa cuidadosamente passada para revelar sua barriga nua.

Depois, mais alto, para revelar seu sutiã branco, que continha seus seios um tanto perturbados.

Então ela levantou o sutiã para revelar seus pequenos mamilos rosados.

"Essa é sua ideia de me dominar?" ela perguntou, quase desafiando-o a fazer mais.

"É um começo. Você quer ir mais longe?"

"Sim."

"Brinque com seus mamilos. Aperte. Aperte. Eu gostaria de ver como você faz isso."

Samantha obedeceu à professora.

Ele beliscou e apertou seus pequenos mamilos rosados enquanto eles continuavam olhando nos olhos um do outro.

"Esta é minha iniciação?" ela perguntou.

"Não exatamente. Ainda não."

Ela continuou acariciando seus peitos.

"Não é?"

"Primeiro, terei que ver como você é corajosa. Uma sessão de fotos é uma coisa, a vida real é outra", explicou. "Desabotoe suas calças. Brinque com sua vagina nua por mim. Bem ali. Orgasmo, mas faça silenciosamente. Então discutiremos como aumentar seus limites mais tarde."

Ela começou a desabotoar as calças.

"Eu posso lidar com isso."

"Isso faz você se sentir desconfortável?"

"É meio estranho", ela respondeu com um leve encolher de ombros. "Mas é emocionante."

Com as calças desabotoadas, ela deslizou a mão direita pela calcinha e esfregou o clitóris.

Eles mantiveram contato visual enquanto ela se masturbava, como se fosse um desafio de algum tipo.

"O que você está pensando?" Eu pergunto.

"Você realmente quer saber?"

"Claro que sim."

Samantha continuou brincando com seu clitóris.

"Ambos fazendo uma sessão de fotos juntos. Uma sessão de escravidão."

"O que estaríamos fazendo?"

"Você me amarraria. Então você treinaria minha garganta."

"Duro ou macio?"

Ela sorriu.

"Por que você não me conta?"

"Eu sou sempre legal", ele respondeu, vendo seu aluno se masturbar por ele. "Eu prefiro tomar meu tempo e ir devagar. Se eu te engolir, seria quase romântico, de uma maneira estranha. Eu iria muito devagar. Certificando-me de que você pode tomar a quantidade correta. Quando você está acostumado, isso vai um pouco mais rápido, um pouco mais difícil. "

Samantha esfregou o clitóris mais rápido enquanto ouvia a professora falar.

Ela imaginou o cenário que narrou enquanto ele falava.

"Oh Deus", ele engasgou, esfregando-se mais rápido.

"Eu acho que você está pronto para ser um submisso. E talvez eu gostaria de ser seu mestre."

Samantha engasgou as palavras 'oh deus' novamente quando chegou ao clímax.

Não havia vergonha ou semelhança quando ela veio, olhando a professora nos olhos.

Ela ficou quase sem fôlego por um momento quando seu corpo ficou tenso e depois ela se soltou.

Ela tremeu um pouco quando tudo acabou.

A professora se levantou e foi até o aluno, que ainda estava se recuperando do orgasmo.

"Muito bem", disse ele.

A professora vestiu o sutiã de Samantha e empurrou os seios para cobrir os mamilos.

Então ele abaixou a blusa dela, certificando-se de que era agradável e arrumado.

Então ele a ajudou a abotoar as calças.

Quando a professora terminou de vestir Samantha, ela parecia nova, com uma expressão brilhante no rosto e as pontas dos dedos levemente molhadas.

"Qual é o próximo?" ela perguntou. "Para nós."

"Próximo? Eu tenho uma aula em breve. Eu tenho que ir. E se não me engano, você também tem uma aula em breve."

"Tenho-a."

"Você quer que nos encontremos de novo?"

Ela assentiu.

"Quero isso."

"Apenas para discutir sua tarefa de redação?"

Ela hesitou, sua voz tremendo.

"Quero que você continue com isso. Meu treinamento. Essa experiência é útil para o meu processo de escrita."

"E que mais?"

Ela sabia exatamente o que o professor queria ouvir.

"E eu acho isso muito emocionante", ela respondeu honestamente. "É a minha grande fantasia. Eu vim para você, pensando em você. Quero ser sua submissa."

"Segunda-feira. Venha aqui, ao meu escritório, às sete da manhã."

"Porque tão cedo?"

"No caso de você gritar acidentalmente, não quero que ninguém ouça."

Os olhos de Samantha se arregalaram e sua boceta se apertou.

CAPÍTULO IV

No fim de semana, ela participou de outra sessão de fotos com o mesmo fotógrafo.

No mesmo estudo.

Com os mesmos acessórios.

As imagens eram mais arriscadas quando ela se sentiu à vontade com sua sexualidade e preferências submissas.

Ela pediu que as cordas fossem apertadas.

Ela queria tentar sentir como era ser uma verdadeira submissa.

E ela fez exatamente isso.

O resultado final foi muito erótico, mas feito com prazer.

Samantha estava mais uma vez de joelhos, os pulsos amarrados na frente dela e uma máscara negra no rosto.

Durante a sessão de fotos em todas as expressões corporais que ela apresentava, ela exalava uma alta sensualidade, porque pensava constantemente que o professor a estava treinando.

De volta ao quarto, Samantha escreveu sem parar e com grande intensidade em seu laptop, sentada em sua posição favorita de escrita, em sua cama, com as costas contra o travesseiro.

Sua colega de quarto, Vicky, estava deitada na cama adjacente, vestida apenas com uma camiseta.

Quando Vicky esticou o corpo, sua boceta estava exposta, mas ambos estavam acostumados ao corpo um do outro.

"Tudo o que você faz é escrever", disse Vicky. "Você nunca fica entediado com essa coisa?"

Samantha continuou escrevendo.

"De maneira nenhuma."

"Você provavelmente obterá boas notas neste semestre com tudo o que escreveu. Vamos sair para comer hambúrgueres e smoothies".

"Eu preciso assistir minha dieta."

"Então apenas coma o hambúrguer e pule o smoothie."

Samantha fez uma pausa e olhou para a colega de quarto.

"Isso não é uma má idéia. Faz muito tempo desde a última vez que comi um hambúrguer."

"Meu presente. E eu sei exatamente o lugar", disse Vicky, pulando da cama.

Samantha estava prestes a fechar o laptop quando se lembrou de algo.

Ela procurou as fotos.

"Espere, posso mostrar uma coisa muito rapidamente?"

Vicky se aproximou e olhou para as imagens explícitas no laptop.

Imagens de Samantha parcialmente nua, de joelhos, pulsos amarrados e poses sensuais impressionantes.

"Maldita garota", exclamou Vicky. "É realmente você?"

"Sim."

"Eu não tinha ideia de que você poderia ser tão ..."

"Símbolo sexual?" Samantha brincou. "Eu tento manter esse lado escondido."

Vicky riu.

"Bem, faça o que fizer, continue. Nesse ritmo, você nem precisará de um diploma universitário, você pode ser um modelo profissional."

"Prefiro minha carreira profissional atual."

"O que quer que funcione para você. Enquanto isso, estou com fome. Vamos nos vestir."

Samantha observou sua colega de quarto ir ao armário e tirar a blusa, deixando-a completamente nua.

Como sempre, Samantha sentiu um pouco de admiração porque Vicky foi abençoada no departamento de seios, com peitos grandes atraentes, mas Samantha tentou não ficar com ciúmes.

Ela também se sentiu um pouco culpada por não contar à colega de quarto sobre a situação com a professora.

Desde o colegial, eles sempre foram honestos com tudo, especialmente sobre os meninos.

Eles nunca guardaram segredos um do outro.

Mas isso foi diferente.

A professora fez Samantha prometer não contar a ninguém, e ela sempre cumpria sua palavra.

Antes de sair da cama, Samantha rapidamente abriu sua conta do Gmail e escreveu uma mensagem para a professora.

Ela anexou a versão mais recente de sua tarefa de redação.

Ele então anexou as últimas fotos da escravidão que ele havia tirado naquele dia.

Enviei.

Samantha guardou o laptop e tirou a roupa, despindo-se ao lado da colega de quarto.

Eu precisava urgentemente comer algo rico em calorias.

TERCEIRA PARTE
AS CORDAS

CAPÍTULO I

Quando ela chegou na segunda-feira de manhã, Samantha não estava mais preocupada com sua roupa ou aparência.

Não como ele havia sido nas outras ocasiões em que se encontrou com o professor.

Ela já estava acostumada a ver o professor em particular e já havia se masturbado para ele.

Ela usava uma blusa lisa, o cabelo preso em um rabo de cavalo e maquiagem leve no rosto.

Também era muito cedo para vestir qualquer outra coisa.

Havia também as breves instruções que o professor lhe enviou por e-mail na noite anterior.

Ele pediu para ela usar uma saia curta e não usar calcinha.

Um pedido que ela estava ansiosa para cumprir, embora não tivesse ideia do que iria acontecer.

O professor chegou ao prédio aproximadamente ao mesmo tempo.

Durante essa hora do dia, quase ninguém estava por perto.

Ela estava carregando sua mala de escritório habitual, que geralmente continha seu laptop e livros para a classe, juntamente com as chaves na mão para abrir a porta do escritório.

Nesse ponto, seu relacionamento se tornou casual e, ao se verem, se perguntaram sobre o fim de semana um do outro.

Samantha sentiu que ele se tornava um pouco mais paquerador, e a professora era muito menos severa do que na sala de aula.

O professor trancou a porta quando eles entraram no escritório, o que era incomum, pois ele nunca a trancava quando estavam dentro.

Quando eles se sentaram um diante do outro, a conversa mudou.

"Eu li o seu documento", disse ele. "E eu vi suas fotos."

Isso a deixou nervosa por algum motivo que ela não conseguia explicar.

Ela tentou esconder o fato de que ele estava um pouco desconfortável, já que ele não queria mostrar nenhum tipo de fraqueza.

"O que você achou de tudo isso?"

"Eu acho que sua escrita é sólida. A estrutura da história é boa. Gramática impecável. Você tem um ótimo entendimento do idioma inglês e eu gosto que você varie as descrições. Mais importante, a história e os personagens estão bem desenvolvidos. Parece autobiográfico. É vívido. Eu gosto disso. "

Em qualquer outro momento, Samantha ficaria completamente lisonjeada com os elogios que acabara de receber de uma professora que respeitava profundamente.

Mas agora, enquanto ela estava sentada sem calcinha, essa era a última coisa em sua mente.

"O que você achou das fotos?"

"Você é uma jovem bonita, Samantha", disse ele. "Eu sempre pensei isso em você."

"Você queria que eu viesse aqui às sete da manhã, quando não havia mais ninguém por perto. Você me disse para usar uma saia. E eu também não estou usando calcinha".

"Então, você veio aqui apenas para ser treinado, é isso?"

Ela assentiu.

"Estou me fazendo de bobo?"

"Levante-se e aguarde."

Samantha se levantou, ajeitou a blusa e a saia para parecer elegante e olhou para a frente.

A professora também se levantou e se aproximou dela, olhando atentamente para o rosto bonito e jovem, tentando ler suas expressões faciais.

Os lábios de Samantha pareciam apertar.

Seu corpo estava tenso e rígido, mas havia um pequeno brilho nos olhos, como se ele esperasse muito tempo por isso.

"Eu realmente gosto de você, Samantha", disse ele. "Você é inteligente, motivado, muito gentil e bonito."

"Obrigada", disse ela, quase num sussurro.

"Eu tenho que lhe dizer que eu gosto de ser mestre. É algo que eu levo muito a sério. E eu sempre dou o máximo cuidado aos meus servos."

Funcionários? Samantha gostou de onde isso estava indo.

"Eu entendo", ela respondeu.

"E você? Por causa da nossa diferença de idade e da minha posição na universidade, nunca podemos sair. Nunca podemos voltar romanticamente. Isso te incomoda?"

"Eu posso guardar um segredo. E eu estou muito ocupada para ter um namorado."

"Então, a doce Samantha está procurando um mestre? Por pura necessidade sexual, não é?"

"Eu acho que você já sabe disso", ele disse suavemente.

"Você já pensou sobre isso? Eu sou seu primeiro mestre? Me entregue completamente? Eu nunca irei até o meio. Quando você for minha, farei o que quero com você. Vou empurrá-lo para seus limites. Mas se você quiser terminar isso , terminará. "

A boceta de Samantha se apertou.

"É isso que estou procurando. Sempre quis, você sabe, ser uma submissa. E quero estar com você."

"Porque eu?" ele perguntou.

Ela estava nervosa.

"A partir de sua experiência com isso. Eu amo que você seja tão cuidadoso. E eu amo como você pensa. Quem você é. Eu amo todo o tema professor-aluno. Eu amo o poder autoritário que você tem sobre mim."

"Levante sua saia."

Samantha levantou a saia para revelar sua buceta raspada e bunda nua.

Ela estava nervosa e suas mãos tremiam levemente enquanto segurava a saia.

"Você é mais bonita pessoalmente do que nas fotos", disse ele.

"Obrigado."

"Agora se incline. Coloque as mãos na minha mesa. Abra as pernas."

Samantha obedeceu.

"O que vai fazer?"

"Vou fazer um grande favor a você. Isto é para a sua tarefa de escrever. Gosto de onde sua história está indo. Mas você tem algumas coisas a aprender. Se você quiser escrever corretamente sobre uma jornada sexual, então como seu professor, eu gostaria que você o fizesse. experimente em primeira mão. "

A boceta de Samantha torceu enquanto ela mantinha sua posição na mesa.

Ele manteve os olhos fixos à frente enquanto o professor procurava sua bolsa de escritório.

Eu não tinha ideia do que estava procurando, nem queria procurar.

Eu estava com muito medo de olhar.

Ela simplesmente queria deixar as coisas progredirem.

As mãos dele começaram a esfregar a parte inferior lisa e as coxas tonificadas.

"Que pernas bonitas", observou ele. "Vou colocar um plug na sua bunda. Você já sentiu um desses antes?"

"Não. Você acha que eu vou gostar?

"Se você relaxar e fizer o que eu digo, você poderá desfrutar de muitas coisas."

O professor amassou sua bunda como se fosse massa.

Apertando com força e massagem.

Quando ele abriu a bunda, Samantha se sentiu muito exposta.

Ela sabia que ele estava olhando profundamente em seu ânus.

Então ele lançou.

"Isso pode parecer um pouco frio", disse ele, abrindo um lubrificante.

O corpo de Samantha estremeceu quando a professora tocou seu ânus com os dedos lubrificados, mas ela rapidamente recuperou o controle, mantendo-se imóvel.

Dedos circularam seu ânus antes de empurrar, cobrindo seu reto com o lubrificante anal.

"Você gosta de sexo anal?" Eu pergunto.

"Oh sim. Mas apenas se eu estiver de bom humor. Como você pode ver, eu estou um pouco apertado lá atrás."

"Parece que sim. Agora relaxe, isso vai parecer um pouco estranho no começo, mas você vai se acostumar. Prometo."

Depois de afastar o dedo, a professora pressionou um plugue no anel do ânus de Samantha.

Eram dez centímetros.

Gerenciável para qualquer jovem.

Ele deu um empurrão suave e o tampão atravessou o anel do ânus, graças ao lubrificante.

O corpo de Samantha torceu e ofegou, mas ela manteve a compostura.

Ela empurrou até ficar completamente dentro.

O plugue traseiro foi projetado para caber dez centímetros e depois foi parado por uma superfície plana, para que Samantha pudesse sentar-se mais tarde sem muita dificuldade.

"Agora, vou inserir algo na sua vagina", disse ele. "Um pequeno vibrador que só eu posso controlar".

Samantha balançou a bunda.

"Estou à sua mercê."

"Boa menina."

O professor enfiou a mão na mochila do escritório e tirou um pequeno vibrador de cerca de quinze centímetros, com tiras para amarrá-lo.

Ele separou os finos lábios castanhos de Samantha, revelando sua abertura rosa.

Ela estava molhada, então ele sabia que ela estava animada.

Então ele pressionou o vibrador contra seu buraco molhado e empurrou.

A entrada era fácil, principalmente porque as pernas de Samantha estavam abertas e seu sexo era excitado.

Polegada por polegada, o vibrador abriu caminho na boceta de Samantha.

Ela apertou a mão na mesa, apreciando a sensação da entrada, e também apreciou o fato de que era a professora que estava fazendo isso.

Uma vez que o pequeno vibrador estava totalmente inserido, a professora prendeu as tiras nas pernas e nas costas de Samantha, até que o vibrador estivesse completamente seguro.

"Não importa o quão difícil essa coisinha vibre, eu não vou a lugar nenhum." Ela pensou

"Agora sente-se", disse o professor.

Samantha se endireitou, ajeitou a saia e sentou-se no banco em frente à mesa.

Foi um pouco estranho como eu esperava.

Foi a primeira vez que ele usava um plug anal, e era estranho sentar-se.

Seu reto estava esticado e ele sentiu que sua bunda já estava doendo.

O vibrador amarrado dentro de sua vagina também era uma sensação estranha.

Eu nunca senti nada assim antes.

Normalmente, quando algo desse tamanho e forma estava dentro de sua vagina, Samantha estava de costas, ou de quatro, sem sentar.

Combinado, o sentimento era surreal.

Seus dois buracos estavam cheios de brinquedos sexuais.

E foi por uma razão.

Por mais desconfortável que fosse, também era sexualmente excitante.

"Em seguida, vou amarrá-lo na cadeira", disse ele.

Ela engoliu em seco.

"Eu posso lidar com isso."

O professor foi fiel à sua palavra.

Dentro de sua bolsa de escritório havia cordas azuis que pareciam ter uma textura suave.

Quando o pulso esquerdo de Samantha foi amarrado à cadeira, ela viu que estava certa.

A corda parecia macia contra sua preciosa pele.

O nó do professor parecia profissional e correto.

E ele fez isso com a quantidade perfeita de pressão.

O mesmo processo foi repetido com o pulso direito.

Então vieram seus tornozelos.

Ela observou a professora habilmente repetir o processo com cada um de seus tornozelos.

Ela olhou para ele e ficou maravilhada com as habilidades dele.

Ele certamente era um mestre experiente, especialmente quando se tratava de cordas, pensou.

Não é de admirar que o professor tenha entendido tão bem as fotos de escravidão de Samantha, já que ele tinha exatamente o mesmo fetiche, ele pensou.

Quando acabou, Samantha estava completamente amarrada à cadeira, com brinquedos sexuais na bunda e na vagina.

Era um tipo diferente de euforia do que participar de uma sessão de fotos.

Essa era a vida real.

E ele estava completamente à mercê de seu professor, a quem admirava profundamente.

Ele se recostou, apoiando o traseiro na mesa, olhando para o trabalho.

Samantha amarrada ao assento.

"Eu gostaria que você pudesse se ver", disse o professor. "Tão bonito, tão desamparado. O show perfeito de submissão."

Ela assentiu.

"Graças a você."

"É isso que você esperava? Como você se sente? Você se arrepende disso? É humilhante? Diga-me e seja preciso."

Ela reuniu seus pensamentos.

"Eu me sinto vivo. Como se estivesse seguro com você. Porque eu sei que você nunca me machucaria. Há um conforto nisso. E eu amo estar sob seu controle. Seu controle sexual. Me entregando a você. Não sei se eu poderia explicar completamente." mas é assim que me sinto. "

"Aí está", observou ele. "Esses são os pensamentos que você precisa para se tornar um grande romancista algum dia. Você está se tornando uma mulher em sintonia consigo mesma. Florescendo."

"Eu também quero sentir isso."

"Estou um passo à sua frente", disse ele, segurando um pequeno dispositivo. "Esses botões controlam o vibrador dentro de você. O que significa que agora eu controlo o seu corpo e a sua mente. Você ainda quer experimentar o estilo de vida que você anseia há tanto tempo?"

"Sim ..."

Assim que essas palavras escaparam de seus lábios, o professor apertou um botão que acionou o vibrador.

O corpo inteiro de Samantha tremeu e seu rosto estremeceu.

Seus braços puxaram involuntariamente as cordas quando ela puxou, mas sem sucesso, as cordas eram muito fortes.

"Esse é apenas o primeiro passo", disse ele.

O brinquedo sexual continuou a vibrar em sua vagina.

"Oh, Deus, isso parece ... Eu nunca usei um vibrador como este antes. Parece tão ..."

O professor observou o aluno se contorcer com cuidado enquanto pressionava outro botão, aumentando ainda mais a potência do vibrador.

Samantha parecia sem fôlego quando seus olhos se arregalaram e sua boca formou um O.

Ele parecia estar sem fôlego momentaneamente enquanto o vibrador trabalhava sua mágica.

"Essa é a essência da submissão", afirmou o professor. "Estou no controle total. Você está completamente perdido. E é meu dever fazer você gozar. Agora, você não precisa mais se perguntar como é. Você está experimentando isso em primeira mão, não é?"

Ela lutou para falar.

"Sim ..."

"Gostaria de orgasmo?"

Ela assentiu.

"Sim ..."

Sua voz diminuiu quando a vibração se tornou esmagadora.

Em seguida, o professor pressionou o botão que levou o vibrador ao ponto mais alto.

Isso fez com que todo o corpo de Samantha tremesse e suas mãos se apertaram.

Suas nádegas foram involuntariamente pressionadas contra a tampa do seu traseiro.

Seus olhos se fecharam e ele gemeu alto.

Quando Samantha chorou e gritou, a professora abaixou o vibrador até o primeiro ponto e Samantha conseguiu se acalmar.

"Você é muito barulhento", disse o professor. "Nós poderíamos ser pegos se você gritar assim."

"Sinto muito", ela respondeu, respirando com dificuldade enquanto o brinquedo sexual ainda zumbia em sua vagina. "Isso foi tão intenso. Eu nunca senti nada assim antes."

"Mas você ainda quer atingir o orgasmo, não é?"

Ela assentiu como um cachorrinho fofo.

"Claro que sim."

"Então eu vou ter que amordaçar você de alguma forma. Alguma sugestão do que eu posso colocar na sua boca, para mantê-lo quieto?"

Era uma pergunta retórica.

Ambos sabiam disso.

Samantha foi esperta o suficiente para entender o que o professor sugeriu.

E ela também o amava, com todo o coração.

"Seu pau".

Ele sorriu.

"Apenas para mantê-lo quieto? Ou você quer que eu treine sua boca?"

"Eu quero ser treinado. Garganta profunda, como eu tenho fantasiado."

"Boa menina."

O professor largou o controle remoto e começou a desabotoar as calças.

Samantha observou com olhos ansiosos o professor se libertar.

Ela notou que ele estava quase completamente ereto e seu tamanho era bastante impressionante.

Isso só a excitou mais.

Ele deu um passo à frente, seu pau balançando na frente do rosto de Samantha, com o controle remoto na mão novamente.

"Vou colocar meu pau na sua boca", disse ele. "Você vai chupá-la. E você vai descer até a garganta profunda. Ao mesmo tempo, eu vou fazer você gozar com o vibrador. Você me entende?"

"Sim", ele concordou.

Lembre-se desse sentimento. Use esse sentimento para escrever. Talvez você goste. Talvez você odeie. Mas pelo menos você já tentou. "

"Eu quero. Mais do que qualquer coisa."

Com isso, o professor guiou seu pênis em direção ao rosto de Samantha.

Ela abriu a boca e aceitou.

Ele deslizou entre os lábios dela e ela o envolveu, chupando-o.

O professor ofegou.

"Você tem a boca de um anjo", observou ele. "Continue chupando."

E Samantha fez isso.

Ela chupou e balançou a cabeça o melhor que pôde.

Tudo o que ele pôde fazer foi mover o pescoço para frente e para trás.

Ela trabalhou com os lábios e a língua.

Ela deu uma boa chupada para ele e virou a língua em torno da ponta da ereção dele.

Era algo que ela sabia que os homens amavam absolutamente.

E ela adorava fazer isso.

Ele também adorava sentir seu pau endurecer em sua boca.

"Relaxe", ele disse. "Eu estou indo mais fundo. Não lute contra isso."

O professor colocou a mão no topo da cabeça de Samantha, depois empurrou-o gentilmente, levando seu pênis mais fundo.

Ela engasgou um pouco, depois ele se afastou.

Agora ele conhecia os limites orais de Samantha.

A menina tinha um reflexo de vômito padrão.

Ele voltou para dentro, apenas onde estava o reflexo das náuseas de Samantha, e isso foi o mais longe possível.

Ele queria treinar sua garganta sexualmente, não fazê-la vomitar.

"Agora é quando eu vou fazer você gozar", disse ele. "Relaxe seu corpo. Agora você está sob meu controle."

O professor apertou o botão e o vibrador voltou ao ponto mais alto.

Samantha se contorceu no assento tratado como um escravo.

Suas nádegas mais uma vez apertaram o plugue em seu pequeno buraco.

Os olhos dela ficaram úmidos.

Suas mãos formaram nós apertados.

Os dedos dela apertaram dentro dos sapatos.

O pequeno escritório estava cheio do som do pequeno mas poderoso vibrador, trabalhando sua mágica dentro da boceta molhada de Samantha.

Também havia sons de náusea e gritos abafados na boca de Samantha.

Sons lascivos e sorvendo.

"Continue chupando", disse ele. "Você pode fazer as duas coisas. Chupar e ter seu orgasmo ao mesmo tempo."

Samantha se concentrou em chupar o pau do professor.

Talvez isso remova os sentimentos extremos de sua região inferior, ele pensou.

Ela fez o possível para mover a língua em torno do membro, mas era difícil, já que o pênis estava na garganta.

Ele também tentou trabalhar os lábios da melhor maneira possível.

Ela nunca teve uma garganta profunda com um garoto antes, então essa foi uma experiência de aprendizado incomum para ela.

Enquanto ela chupava, as sensações em sua vagina se tornaram intensas.

A pressão cresceu e cresceu.

O mesmo aconteceu com a dor das vibrações prolongadas, juntamente com a dor no reto e a dor em que os membros estavam amarrados.

Ela fez um som abafado para o pau dele.

"Você está perto de gozar?"

Os olhos lacrimosos dela olhavam para a professora.

Com olhos de cachorrinho.

Ela assentiu levemente, o melhor que pôde, sem machucar o pau do professor.

O professor sorriu.

"Venha para mim, querida. Apenas relaxe e deixe acontecer."

Samantha fechou os olhos e se concentrou em chupar o pau dele, que estava em sua garganta, junto com os sentimentos poderosos em sua região inferior.

Com certeza, o orgasmo chegou.

Agora ele não conseguia mais segurar o punho e os dedos dos pés.

Seus músculos estavam relaxando.

Seu corpo doía.

Ela sentiu uma liberação poderosa em sua vagina.

A pressão chegou ao clímax e o orgasmo foi além das palavras.

Quando ele chegou, sentiu-se esguichando.

Fluidos jorraram de sua vagina, cobrindo o vibrador e fazendo uma bagunça de onde ela estava sentada.

Normalmente, ela ficava aterrorizada com a bagunça que estava fazendo em sua saia, pois precisava caminhar pelos corredores e atravessar o campus com aquela mancha de orgasmo.

Mas este não era um momento normal, não naquele momento.

Tudo o que ele se importava era com aquele sentimento intenso.

Nada mais importava.

Foda-se a saia molhada.

Este foi o orgasmo mais incrível de toda a sua vida.

Ela respirava pesadamente com os olhos fechados.

Então ele relaxou e suspirou.

Foi então que o professor soube que acabara de gozar.

Não havia mais motivo para perturbar Samantha, então ela desligou o vibrador.

"Foi lindo", disse ele. "Mas agora é a minha vez. Você ainda tem energia?"

Ele olhou para cima e assentiu, os olhos arrancando do orgasmo que acabara de experimentar.

O professor balançou os quadris.

Para o ato final, ele queria foder sua boca e garganta, e ele estava fazendo exatamente isso.

Ela continuou chupando.

Quando sua energia retornou, ele voltou a trabalhar com a língua e os lábios.

"Engula", disse ele.

Ele segurou a cabeça de Samantha ainda com uma mão e, com a outra, acariciou furiosamente o membro de seu pênis duro e furioso, enquanto a ponta de sua ereção estava na boca quente de Samantha.

Samantha estava orgulhosa por ter conseguido tornar a professora tão difícil, e isso funcionou.

Isso a fazia se sentir sexy, desejável e desejada por ele.

O orgasmo disparou na boca do aluno.

Fluxo após fluxo de sêmen entrou na boca de Samantha, sua língua e sua garganta.

Com cada jorro de porra, Samantha engoliu.

Era algo que ela gostava de fazer, especialmente agora para o homem que acabara de lhe dar esse orgasmo memorável.

Ela gostou do sabor e textura de seu esperma.

Ele provou na boca.

Ele virou com a língua.

Isso não era algo que ela esqueceria em breve.

Ela continuou chupando até que tudo saiu.

Então, quando o sêmen parou, ele virou a língua em torno da cabeça de seu pênis e lambeu a abertura.

Quando o pau ficou macio, ela o deixou cair da boca e deu um beijo de adeus no processo.

Samantha olhou para a professora, que estava olhando para ela.

Os olhos deles se encontraram.

Havia um entendimento sutil entre eles.

Eles sabiam o que o outro pensava.

Samantha era uma garota submissa que finalmente conseguiu experimentar sua fantasia.

E o professor era um homem que podia apreciar seu amor por treinar mulheres.

"Essa é a experiência de ser submisso", disse ela. "Agora você sabe. Faça o que quiser com esse conhecimento."

"Adorei. A cada segundo", ela suspirou e levou um momento para recuperar a compostura.

"Estou satisfeito por você ter experimentado o que queria. Se você é uma boa garota, podemos fazer isso de novo."

Ela deu um sorriso terno:

"Melhor. Porque estou escrevendo um longo romance."

Quando o professor desamarrou os pulsos do aluno, ele a beijou gentilmente na testa.

Ele era um mestre compassivo.

E Samantha era uma submissa muito curiosa e tenaz.

É claro que eles fariam isso de novo, ele pensou.

FIM

BIBLIOTECÁRIA BDSM
POR
ERIKA SANDERS

"Senhorita, você teria a gentileza de me mostrar onde estão os livros eróticos?" uma voz masculina disse atrás de mim.

Eu congelei, meus dedos presos no teclado do computador.

Por um momento, fechei os olhos e engoli em seco.

Eu senti os músculos baixos dentro de mim apertarem.

Senti meus mamilos endurecerem contra o cetim do meu sutiã.

Não eram as palavras dele, era a voz dele.

Foi o que ele fez comigo.

Continuei a ouvi-lo agora mesmo que ele estava calado e fui despertado pela necessidade de libertação.

Foi muito suave.

Como trufas de chocolate branco, minha panacéia, deslizando pela minha garganta.

Profundo, como quando eu ...

Inalei, liberando lentamente a respiração, meus dedos se curvando agora enquanto tentava manter o equilíbrio.

"Eu ficaria feliz em ajudá-lo, senhor."

Soltei um suspiro suave, mas audível, e um gemido inconfundível.

Quando me virei, ouvi minha própria respiração afiada.

Ele estava do outro lado da recepção, com os óculos escuros ainda, os lábios firmes tremendo levemente.

Percebi que queria sorrir.

Eu tracei as linhas de seu bigode vermelho e cavanhaque com meus olhos, minha língua saindo para lamber meu lábio inferior enquanto tentava resistir ao movimento.

"Livros eróticos, senhorita?"

Eu levantei meus olhos, imaginando que idéias passariam por sua cabeça.

"Sim senhor, por aqui."

Eu andei ao redor do balcão, meus joelhos tremendo um pouco.

Parei para recuperar o equilíbrio, xingando-me por usar os sapatos pretos de salto alto hoje.

Seria um inferno descer as escadas para o piso inferior.

Senti o calor do seu corpo atrás de mim enquanto caminhávamos em direção à seção de referência.

Eu mantive minhas mãos fixas nos meus lados, querendo alcançá-lo.

Querendo estar em seu devido lugar atrás dele, deixando-o me guiar.

Mas mantive a compostura profissional e continuei a caminhar pelas prateleiras enciclopédicas.

"Primeiro as damas", disse ele quando chegamos ao acesso que levava ao andar de baixo.

Revirei os olhos, sabendo que não podia vê-los.

Mas parte de mim desejou que ele tivesse.

Abafei uma risadinha e agarrei o corrimão, começando a lenta descida.

Eu poderia ser uma garota má quando quisesse.

"Havia algo especial que você estava procurando, senhor?"

"A seção de romance erótico. Escrevi o nome que estou procurando no papel. Deixe-me ver se consigo encontrá-lo."

Tínhamos chegado ao fundo sem acidente, embora meu calcanhar estivesse preso na beira dos estreitos degraus de metal duas vezes.

- Novo ou usado, senhor? O restante dos novos livros também está guardado aqui. Só os mantemos no andar de cima por alguns meses.

"Novo, melhor."

"Então teríamos que ir por esse caminho", eu disse, virando à esquerda e indo para um corredor pouco iluminado, minha frequência cardíaca aumentando a cada passo.

Sua respiração ficou mais pesada quando ela me seguiu.

Nossos sapatos clicaram no chão do porão, o som abafado pelas estantes de livros ao nosso redor.

Acima de nós, uma luz zumbia e piscava.

Fiz uma anotação mental para relatar a lâmpada defeituosa.

"Qual era o nome do livro?"

- Parece que não consigo encontrar meu bilhete. Mas a autora começou com E e seu sobrenome era Sanders, Erika? Ela saberia o título se o visse.

Apontei para um conjunto de prateleiras do outro lado da sala.

"Seria melhor começar por lá, então."

"Depois que você sente falta."

Senti a mão dele nas minhas costas quando nos aproximamos da seção correta.

Fechei meus olhos brevemente, querendo gemer.

Parecia ter passado muito tempo desde que senti seu toque, mesmo que fosse apenas cedo nesta manhã.

Através da minha blusa, eu podia sentir o calor de sua pele queimando a minha.

"Eu poderia ajudá-lo a procurar se você pudesse me dar uma dica. Uma palavra, talvez?"

"Sexo. Eu acho que tinha algo a ver com sexo."

Sua voz era um sussurro baixo no meu ouvido.

Então ele se pressionou contra mim, me empurrando em direção a uma pequena mesa no final do corredor.

Quando não pude ir mais longe, a pressão na região lombar aumentou e me inclinei para frente.

"Mas meu interesse pela leitura está diminuindo no momento. Prefiro experimentar."

Eu ofeguei, agarrando a borda da mesa para me firmar.

Meus seios bateram no topo frio e duro.

Eu gemi quando senti sua excitação através de suas calças e minha saia enquanto ele lentamente se esfregava contra mim por trás.

Engoli em seco quando sua mão deslizou mais ao sul, acariciando meu traseiro.

Segurando a saia.

Puxando minha calcinha até os joelhos.

Quando seus dedos roçaram minha boceta, pressionando entre meus lábios inchados, eu choraminguei alto.

"Shhh"

Ele continuou me acariciando tão lentamente que era enlouquecedor.

A outra mão brincava com o meu cabelo, soltando o coque que ele meticulosamente vestira esta manhã.

Mordi meu lábio inferior e descansei minha bochecha na mesa.

Eu choraminguei novamente quando a mão dele desapareceu entre as minhas pernas.

"Seja uma boa garota. Não se mexa."

Eu o ouvi desabotoar o cinto e abrir o zíper da calça.

Ouvi seu suspiro suave quando ele provavelmente soltou seu pênis dos limites de sua cueca.

Ouvi meu próprio coração bater loucamente em meus ouvidos.

"Agora lembre-se, senhorita, estamos em uma biblioteca. Ouvi dizer que existem regras estritas sobre como fazer barulhos altos. E a punição por violar essas regras ... bem, tenho certeza que você sabe quais são os deveres de ser bibliotecário e tudo isso. "

Seus dedos acariciaram minha boceta novamente.

Mas algo não estava certo.

Ele também estava segurando meus quadris com as duas mãos.

Eu gemi de alegria ao perceber que era seu pau me esfregando lá.

Um barulho alto estalou quando atingiu meu traseiro nu, me fazendo pular e gritar.

"Eu fiz uma pergunta, senhorita."

"Desculpe, senhor."

"Você está animado?"

"Sim senhor."

Ele pressionou para frente, seu pau penetrando muito levemente enquanto balançava os quadris de um lado para o outro.

Eu abri minhas pernas o mais largo que pude com minha calcinha ainda juntando meus joelhos.

Uma vez que ele estava completamente dentro de mim, ele moveu a mão na minha parte inferior das costas.

Ele enrolou meu cabelo solto ao redor de sua outra mão e puxou.

Eu gritei e olhei para a parede cinza fria.

Ele a tinha tão grande dentro de mim, me esticando.

Ele estava ofegante quando entrou e saiu sem pressa.

Ele bateu na minha bunda novamente e depois se inclinou sobre a mesa novamente.

"Esta é uma boa garota. Legal e apertada. Muito molhada. Como seu senhor gosta".

Eu gemi, meu corpo implorando para que ele me atingisse o clímax.

Mais uma vez, eu balancei contra ele, seguindo seu ritmo.

Isso me rendeu outro sucesso.

"Não se mexa, Pequena. Estou fodendo com você. Você terá sua chance mais tarde. E cale a boca."

Eu tentei não fazer barulho.

Eu tentei muito.

Eu sabia que havia outras pessoas na biblioteca, mas ninguém costumava ir até o porão.

Mas de todos os dias para alguém vagar por aqui, hoje pode ser o dia.

E, no entanto, eu também queria que alguém nos encontrasse brincando, para que eu pudesse abraçar aquele pouco de exibicionismo escondido em algum lugar dentro de mim.

No entanto, quando ele mergulhou e puxou, puxando meu cabelo, eu não pude deixar de gemer e ofegar.

Gritando quando ele decidiu me bater.

Levei vários minutos.

Foi tão bom.

No entanto, nesse ângulo, ele não conseguiu atingir o orgasmo.

E ele sabia disso.

Ele soltou minhas costas, ainda agarrando meu cabelo e bateu na minha bunda.

Forte.

Ele sussurrou em sua voz quando perguntou:

"Você gosta disso, bebê?"

Eu rosnei.

"Sim senhor! Eu gosto muito"

"Sim, o que, pequenina?"

Isso me atingiu de novo.

Os sons agudos e a dor breve quando a mão dele se conectou contra minha pele nua competiram com meus gritos.

Especialmente quando ele continuou a empurrar seu grande pau na minha buceta.

Eu não conseguia pensar.

Eu não conseguia falar

"Estou esperando."

Outro sucesso.

"Sim amo!" Eu suspirei.

"Boa menina."

Sua mão livre deslizou sob mim e acariciou meu clitóris.

Eu gritei enquanto meu corpo tremia.

Mas não foi o suficiente.

Sua mão desapareceu, e ele de repente se retirou completamente.

"Levante-se, Little One, e vire-se."

Minhas pernas estavam dormentes quando eu obedeci.

Inclinei minha bunda contra a mesa por um momento, mas ele imediatamente me endireitou novamente, fazendo uma careta.

Eu não pensei que seria capaz de sentar por algumas horas.

"Tire a roupa."

Abri a boca, mas a fechei quando o vi inclinar a cabeça e me olhar por cima dos óculos escuros.

Desabotoei minha saia e a deslizei, puxando minha calcinha para baixo no processo.

Desabotoei minha blusa, tirei-a e coloquei meu sutiã na pilha crescente no chão.

Ele olhou para mim com um sorriso nos lábios, sua língua saindo cada vez que revelava mais da minha pele.

Então ele afrouxou a gravata e a soltou.

Ele circulou o dedo no ar.

Eu me virei mais uma vez.

Silenciosamente, ele pegou minhas mãos, puxando-as pelas minhas costas e amarrando-as com a gravata.

Então ele apertou meu ombro e eu o enfrentei novamente.

"Incline-se para trás."

Mordi meu lábio inferior, mas obedeci.

Minha bunda ainda estava muito dolorida, especialmente com a borda da mesa cavando meus músculos machucados.

E agora com minhas mãos amarradas atrás das costas também, eu não podia usá-las para segurar meu corpo.

"Abra suas pernas. Boa menina."

Ele descansou a mão esquerda no meu ombro direito para me equilibrar antes de cobrir minha boceta com a outra mão.

Fechei meus olhos quando dois de seus dedos pressionaram entre meus lábios inchados, esfregando meu clitóris.

Abaixei minha cabeça e me afastei dele em direção à parede atrás de mim.

Ele forçou minhas pernas ainda mais e levantou minha boceta para que seus dedos acariciassem mais profundamente.

Eu esqueci tudo sobre a dor.

E quão vulnerável se alguém nos pegasse.

Tudo o que ele conseguia pensar era em alcançar o penhasco e cair de cabeça primeiro depois.

Eu estava subindo, subindo e subindo ... gemendo durante o meu consentimento.

"Oh, pequena. O que eu te disse sobre ficar quieta?"

Eu ofeguei quando ele retirou sua mão e me puxou para os meus pés.

"Fique de joelhos."

Eu choraminguei quando ele me ajudou a ficar de joelhos.

Minhas mãos descansaram na minha bunda dolorida.

As bordas de sua gravata roçaram a parte de trás das minhas coxas.

Eu ainda podia sentir a picada do seu toque, o calor da minha pele onde suas mãos estavam.

Minha boceta estava espremida pelo vazio que estava lá agora.

"Abre a boca."

Inclinei a cabeça para trás e deixei cair o queixo.

"Boa menina."

Ele acariciou minha bochecha com as costas dos dedos por um momento.

Então ele colocou o polegar na minha boca, umedeceu com a minha língua e esfregou o dedo no meu lábio inferior.

"Você é tão fodidamente charmosa, minha senhora. Minha garota."

Com isso, ele levantou o pênis e substituiu o polegar pela cabeça do pênis.

"Lamber".

Estiquei a língua e cobri a ponta com a minha saliva.

Ele esfregou seu pau de um lado para o outro e ao redor dos meus lábios.

E então eu gemi.

"Agora, o que eu vou fazer com esses barulhos que você está fazendo?"

Ele segurou meu queixo, puxou-o suavemente e depois deslizou seu pau na minha boca até descansar na minha língua.

"Sim, isso poderia funcionar para calar sua boca."

Eu pisquei, mas mantive meus olhos em seu rosto.

Em seu sorriso, pude ver meu reflexo em seus óculos e gemi novamente.

Ele empurrou seu pau mais fundo na minha boca, me fazendo amordaçar.

Ele se retirou lentamente e depois voltou para dentro.

Repetidas vezes ele encheu minha boca, sua pele dura esfregando contra meus lábios molhados.

Ele se afastou completamente e bateu seu pau contra os meus lábios algumas vezes.

"Respire fundo."

Fechei minha boca e engoli, testando meus próprios líquidos e seu precum na minha língua agora, e então a abri novamente.

"Que boa menina."

Ele começou a deslizar seu pau na minha boca novamente, as mãos em ambos os lados da minha cabeça.

Então ela empurrou seus quadris de um lado para o outro, fodendo minha boca do jeito que ela tinha minha buceta.

Ele continuou por vários minutos, agarrando meu cabelo com uma mão agora, segurando minha cabeça para trás.

Ocasionalmente, ele me dizia para chupar ou lamber apenas a coroa.

E ele parava às vezes, enterrava seu pau tão fundo que eu podia senti-lo na minha garganta e senti suas bolas contra meu queixo, o cheiro pungente de sua masculinidade invadindo meu nariz.

Ele se abaixou e beliscou meu mamilo ou acariciou meu peito várias vezes, mas ele nunca se demorou muito, sempre enchendo minha boca novamente com o pau na profundidade e velocidade que eu queria.

Eu reclamei e choraminguei, mas os barulhos que eu estava fazendo agora eram abafados.

E o tempo todo, ele sussurrava palavras de encorajamento.

"Essa é a boa garota do seu senhor. Deus, é tão bom ter sua boca em volta do meu pau. Sim, querida. Assim. Mmmm. Continue assim."

Com todo esse movimento, meus óculos deslizaram pelo meu nariz.

"Olhe para mim, Little. Oh baby, você é tão gostosa assim. Meu pau na sua boca, seus olhos em mim. Você é tão impotente, à minha mercê. E aqueles óculos. Oh, merda!"

Ele me fodeu mais algumas vezes, e então senti seu leite quente atingir o fundo da minha garganta.

Ele manteve minha cabeça imóvel, seu pau pressionando contra a minha língua e o céu da minha boca.

Quando ele terminou, ele disse:

"Lamba. Deixe limpo, querida."

Eu fiz o meu melhor sem usar as mãos.

"Esta é minha boa menina."

Ele acariciou meu cabelo até ficar satisfeito.

Ele me ajudou a levantar e me sentou na mesa.

Antes que eu pudesse reagir, ele mergulhou uma mão na minha boceta e cobriu minha boca com a dele, silenciando meu grito de surpresa.

Sua outra mão cobriu um dos meus seios e ele finalmente acariciou meu mamilo dolorido sob a palma da mão.

"Venha para o seu senhor, bebê", ele sussurrou quando me deixou respirar.

Então ela estava me beijando novamente, empurrando sua língua contra a minha enquanto seus dedos brincavam com meu clitóris.

Dessa vez, subi naquele penhasco e finalmente caí, meu corpo tremendo por baixo dele.

Ele engoliu meus gritos, seu corpo cobrindo o meu, me pressionando contra a mesa e a parede, até eu ficar parado embaixo dele.

Eu pisquei quando ele deu um passo para trás, afastou seu pau e alisou suas roupas.

Ele me ajudou a ficar de pé novamente e desamarrou meus pulsos.

"Vista-se, garotinha. Arrume seu cabelo."

Peguei minhas roupas do chão atordoada.

Eu rapidamente puxei meu cabelo para trás em um coque e endireitei meus óculos.

Uma vez que eu estava arrumada de novo, ela pegou minha bochecha e sorriu para mim.

"Agora, sobre o livro que eu estava procurando ..."

Limpei minha garganta e puxei um livro aleatório da prateleira.

"Eu acho que este é o que você queria, senhor. Estava aqui à vista o tempo todo."

"Que razão você tem, senhorita. Estou tão feliz que exista uma bibliotecária muito competente quando você precisar dela."

"Quando você quiser, senhor." Eu sorri para ele e saí das prateleiras. "Quando você quiser, eu estou aqui para atendê-lo no que você precisar."

FIM